ポルタ文庫

名古屋四間道・古民家バル

きっかけは屋根神様のご宣託でした

神凪唐州

新紀元社

Contents

プロローグ……5

第一章　宣託……27

第二章　門出……77

第三章　明暗……127

第四章　決別……177

第五章　克服……221

エピローグ……261

Old house bar in Shikemichi, Nagoya

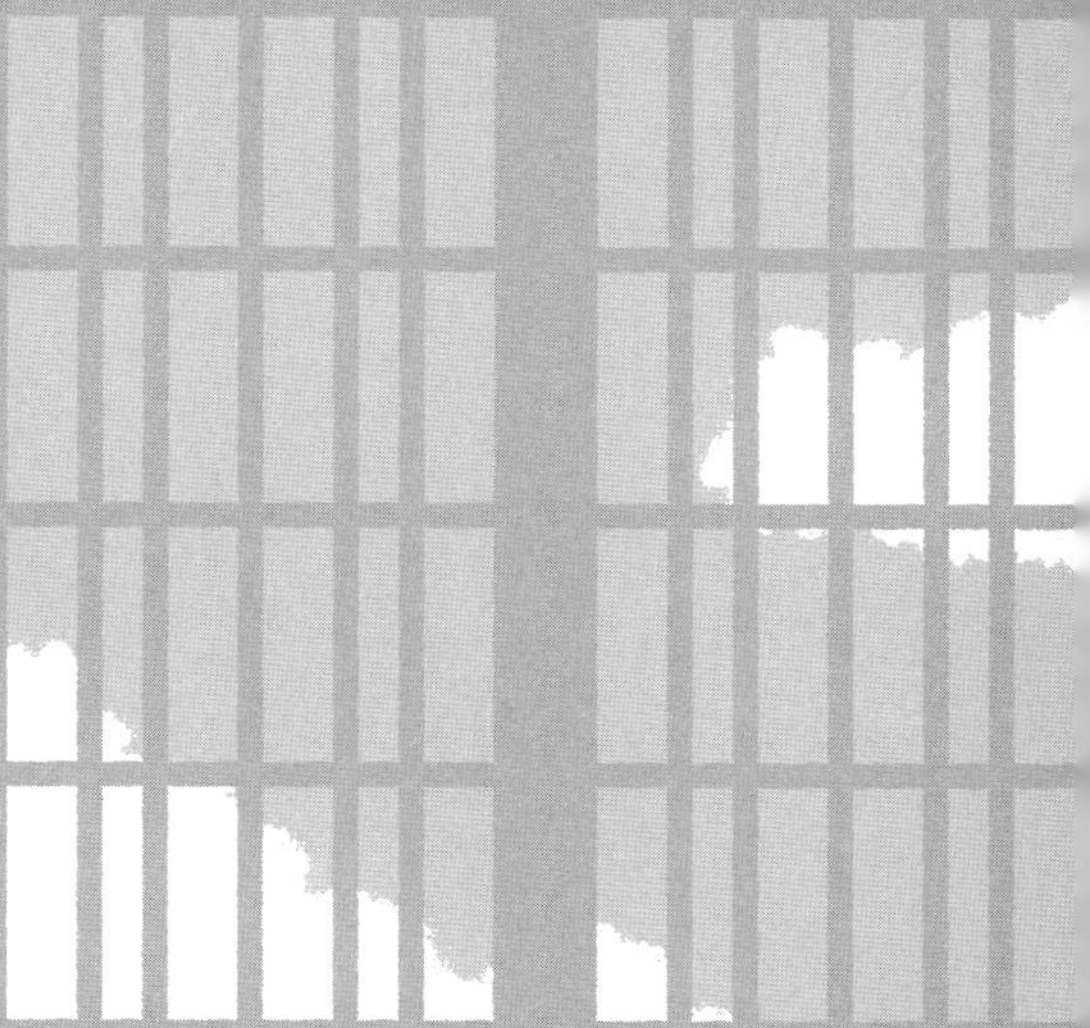

prologue

プロローグ

ガラガラ、バタバタ、ガラガラガラ。

午前零時、僅《わず》かに街灯が照らすだけの暗い夜道に足音がせわしなく響く。

シャッターが下ろされすっかり寝静まった店が立ち並ぶ間を、一人の女性が慌てた様子で走っていた。

彼女の視線の先にいるのは一匹の黒猫。その口元からは青い光がチカチカと明滅している。

「待って！　スマホ持っていかないでー！」

大きなスーツケースを引きずりながら黒猫を必死に追いかける女性。

すると、キャスターに小石でも挟まったのか、スーツケースに急ブレーキがかかった。

「きゃっ」

小さな悲鳴とともに、彼女の身体《からだ》がバランスを崩す。

かろうじて顔をかばうことはできたが、ズサーッと勢いよく転んでしまった。

両の手の平はアスファルトに擦《こす》れ、じわじわと血がにじむ。

膝もすりむき、ストッキングに大きな穴が開いていた。

一度は起き上がろうとする彼女だったが、途中で力なくしりもちをついてしまう。

「私、何してんだろう……」

ポツリと言葉をこぼす彼女の目には、うっすらと涙が浮かんでいた。


ほんの十分ほど前、彼女——黒川《くろかわ》まどかは五条橋《ごじょうばし》の欄干《らんかん》に身体を預けていた。

欄干の向こうを覗き込むように頭を下げていくが、しばらくすると力なく首を横に振り、ゆっくりと身体を起こし始める。

彷徨《さまよ》い流れ着いた橋の上で幾度となくそれを繰り返すと、やがてはぁと大きくため息をつき、欄干に額をつけてがっくりとうなだれた。

重いスーツケースを傍らに置き、黒く塗りつぶされた川面《かわも》を見つめる。

するとほどなく、足元からにゃあと、か細い声が聞こえてきた。

ゆっくりと足元を覗き込むと、一匹の黒猫と目が合う。夜闇の中でつぶらな二つの瞳だけが輝いているようにも見えた。まどかは欄干に添えていた手を離し、そっとしゃがみ込む。

「あなたも一人ぼっちなの？」

そう呟きながら顎を撫でると、黒猫が気持ちよさそうにゴロゴロと喉を鳴らす。

その時、ショルダーバッグがブルブルと震えた。どうやらスマホに通知が来たらしい。いつものようにスマホを取り出し、画面をつける。しかし次の瞬間、手にしていたはずのスマホが忽然《こつぜん》と姿を消した。

「えっ？」

何が起こったか分からず、目をぱちくりとさせるまどか。すると、再びにゃあという鳴き声。その声に導かれるように振り向くと、先ほどまで足元にいたはずの黒猫が橋のたもとでスマホをくわえながら、まどかを見つめていた。

一瞬目が合ったかと思ったものの、黒猫はすぐにそっぽを向いてしまう。そのまま暗闇に紛れるかのように、まどかから離れ始めた。

「ま、待って」

まどかは慌てて立ち上がると、スーツケースの取っ手をつかんですぐに黒猫を追いかけた。

◇　◇　◇

座り込んだまま動けないでいるまどかの耳に、三度、にゃあと鳴く声が届く。不思議と惹かれる鳴き声だ。

まどかが顔を上げると、スマホをくわえた黒猫が心配そうにこちらを見つめていた。まるで追いかけてくるのを待っているかのようである。

よろよろと立ち上がったまどかが、スーツケースに手をかける。もはや走る元気はない。まどかがゆっくりと歩みを進めると、黒猫もまた、それに合わせるかのようにゆっくりと歩いていった。

そのまま後を追いかけていくと、黒猫はすっと路地へと入り込み、少し先にある一軒の古民家に入っていく。

僅かに開いた引き戸の奥を覗き込むと、スマホの青い光が明滅を繰り返しているのが見えた。

――どうしよう。

まどかは困ってしまった。扉が開いているとはいえ、見も知らぬ他人の家に入るのはいくらなんでも憚《はば》られる。とはいえ、スマホがあるのは部屋の奥。手を伸ばして届くような距離ではない。

灯りがついていないことを考えると、住人もどうやら眠りについている様子。こんな真夜中に呼び鈴を鳴らすのも不躾《ぶしつけ》であろう。

明日気が向いたら取りに戻ろう。そう考えたまどかが踵《きびす》を返そうとすると、またもやにゃあと鳴き声が聞こえてくる。先ほどの黒猫がいつの間にか足元にやってきていた。

まどかは別れの挨拶とばかりに、黒猫の頭に手を伸ばす。すると――。

「なんじゃ、帰ってしまうのか？」

まどかは耳を疑った。猫がしゃべるはずなんてない。

とうとう幻聴が聞こえてしまったんだ。

まどかはふぅと一つ息をつくと、頭をふるふると横に振る。

しかし、その耳に再び何者かの声が聞こえてきた。

「お主、持ち物はもう要らぬのか？」

その声は、目の前にいる黒猫の口の動きと完全に一致していた。

幻覚まで見え始めた？　いや、さすがにそれはない。手の平は相変わらずヒリヒリと痛いのだから。

つまり、目の前にいるのは――。

「お、おばけ……！」

まどかはまるで糸の切れた操り人形のようにその場に崩折れると、そのまま意識を失った。

◇　◇　◇

を粗末にするでないぞ？」

「は、はい」

その言葉に、まどかがコクリと頷く。

そして一瞬はっとした顔を見せると、居住まいを正し、両手をついて深々と頭を下げた。

「神様、私を助けて頂き、本当に、本当にありがとうございます」

まどかの突然の行動に、少女が照れくさそうにポリポリと頬をかく。

「まぁ、この地で人々を護るのがワシの務めじゃからな。それと、神様は少々照れくさい。そうじゃな、気軽にトン子とでも呼んでくれたまえ」

「そ、そんな！　恐れ多いです！」

「なんじゃ。昨日はお化け呼ばわりしとったくせに」

「そ、それは……」

ジト目で迫る少女のプレッシャーに、まどかが言葉を詰まらせる。

すると、少女がさらに畳みかけてきた
「何なら、『かわいいかわいいトン子ちゃん』と呼ばったってもええんだがね？」

「え、ええ……」

困惑とはまさにこういう時にふさわしい言葉なのだろう。そもそも、猫なのになぜ

「トン子」なのだろうか？　まどかの脳裏には大量のクエスチョンマークが湧き出ていた。

何らリアクションがとれないまどかを見て、少女がうぉっほんと一つ咳払いをする。

「冗談じゃ。まぁ神とは言うても所詮は分体。気さくにトン子と呼びたまえ。それより一つ聴きたいのじゃが、お主、これからはどうするつもりじゃ？」

その質問に、まどかは押し黙ってしまう。

もうどこにも行き場所はない。

仕事も辞めてしまったし、帰る家も失った。

こういう時はいったん親元に帰ることが多いのかもしれないが、両親を既に亡くしているまどかにその方法は選べない。もちろん、高校を卒業するまで育ててくれた優しい祖母なら迎え入れてくれるとは思う。だが、高齢の祖母に負担や心配をかけるのは、まどかとしては何とか避けたかった。まして、両親が残してくれた大切な財産をあんな男に盗られてしまった後では……。

「ふむ、なかなか事情は深そうだの。ならば、しばらくここにおりゃあせ」

「えっ？」

思いがけない提案に、まどかは思わず聞き返す。

「行くあてがないのじゃろう？　ならばお主の行くあてが見つかるまでここに留まる

のが良いと言うとるのじゃ。大して何もないところじゃが、その分静かな暮らしにはもってこいじゃよ」

「で、でも……」

「なんじゃ、こんな古びた家では不服か？」

少女が口をとがらせると、まどかは慌てて否定する。

「い、いえ、むしろ祖母の家みたいですごく落ち着きます。でも家主さんのお許しを頂かないとですし、正直家賃もちゃんとお支払いできるかどうか……」

「なあに、心配はいらぬ。この家は神たるワシが実質家主みたいなものじゃ。まぁ、一応この家の守《も》りをしておるものはおるので、後で話をつけておこう。家賃のことも心配いらぬ。この家とワシの社《やしろ》をしっかり手入れしてくれればそれでええ」

「社？」

「あれじゃよあれ」

少女が指さした先は窓の外。そこには庇《ひさし》屋根の上に小さな祠《ほこら》のようなものがあった。

「アレがワシの社じゃ。屋根の上におるから、この辺りでは昔からワシのことを『屋《や》根神《ねがみ》』と呼んどるな」

「屋根神様……なんかかわいい響きですね」

「そ、そうか？　面と向かって言われるとなんだか照れてまうな……」

そう言うと、少女はくるりと後ろを向いてしまった。まどかの目には頬が若干紅く染まっているようにも見える。こうしていると、少し背伸びをした、かわいらしい少女のようだ。

「そ、それはさておき、お主にも悪い話ではないはずじゃ。いかがかな？」

確かにこれほどありがたい話はない。しばらく雨露をしのげるだけでも本当に助かるし、何よりこの家には不思議な居心地の良さがある。捨てる神あれば拾う神ありと言うが、本当に神様が拾ってくれるなんて驚きしかないのだが。

まどかは一度ふぅと息をつくと、再び両手をついて頭を下げた。

「もしご迷惑になることがあったらいつでも出ていきます。トン子様、しばらくの間軒先をお貸しください」

「だからそんなにかしこまらんでもよいというのに。では、そういうことで、指きりゲンマンじゃ」

そう言いながら少女がそっと手を差し出す。その小さな小指にまどかもそっと小指を絡める。

「指きりげんまん、嘘ついたら、針千本のーます」

「指切った。と、これで契りは結ばれた。家と社のこと、よろしく頼むぞ」

「はい。こちらこそしばらくお世話になりますが、よろしくお願いいたします」

改めて頭を下げるまどか。すると安心して気が緩んだのか、再び涙が頬を伝った。

「あれ？　お、おかしいな……。ごめんなさい。ちょっと顔を洗ってきます」

「洗面台ならそっちの奥じゃ」

「はい、ではお借りしますね」

「うむ。っと、そういえば……」

何か言いかけたトン子に気づかず、まどかはすっと立ち上がり、小走りで洗面台へと向かっていく。

廊下の先に見えたのは一枚の木戸。どうやら洗面台はこの向こうのようだ。

木戸をカラカラと開くまどか。

するとその先に見えたのは——

「ん？　誰だお前？」

バスタオルで無造作に頭を拭いている、しっかりと引き締まった筋肉を持つ青年の裸体であった。

まどかは目をぱちくりさせると、すーっと大きく息を吸う。

「キャ、キャーーーーーー!!」

次の瞬間、金きり音のような叫び声が家じゅうに響き渡った。

第一章

chapter One

宣託

「先ほどは本当に、本当に失礼しました……」

古民家の一階で、まどかが深々と頭を下げる。

その先では、細身ながらも引き締まったシルエットの青年が、バスタオルで無造作に髪を拭きながら、鋭い目つきでじっとまどかを見下ろしていた。

大きな柱時計がカチ、コチと音を響かせる中、先ほどまで椅子に腰かけていたトン子がぴょんと三和土《たたき》の床に飛び降りる。

「まぁまぁ、そう難しい顔をしとらんと。だいたい、少々裸を見られたぐらいで恥ずかしがる年頃でもなかろうて」

「いや、別にそれはどうでもいいんだけど……」

ややぶっきらぼうな言い方ではあるが、青年の口調は怒りを感じさせるものではなかった。まどかがほっと胸をなでおろす。

「じゃあ、この件は一件落着じゃな。ほれ、まどかも面《おもて》を上げい」

「あ、は、はい」

まどかが顔を上げると、青年が小さく頭を下げる。

「で、何でここに？」

つっけんどんな青年の物言いに、まどかがびくっと首をすくめる。

先ほどの様子からして、青年はほぼ間違いなくこの家の住人であろう。

つまり彼からすれば、まどかは不法侵入者。それも裸を覗き見た圧倒的不審者だ。

どう答えて良いか分からず、まどかはつい声を詰まらせる。

すると代わりに、トン子が事情を説明し始めた。

「昨日の晩、堀川に飛び込もうとしとったこやつを、ワシがここに連れ込んだんじゃ。まどかよ、そうじゃな？」

トン子から視線を向けられたまどかがコクリと頷いた。

青年もまたゆっくりと首を縦に振る。

「なるほど」

「重ね重ね、本当に申し訳ないです。事情を知らなかったとはいえ、無断であなたの家に立ち入るような形になってしまい……」

再び頭を下げるまどか。しかし、青年は表情を変えないまま話を続ける。

「トン子がやったことなら問題ない。それで？　どうせまだ話の続きがあるんだろ？」

「左様。詳しく話を聞いてみると、まぁまぁしんどい事情があったようでの。行く当てもないということじゃから、まどかもしばらくここで住まわせようと決めたのじゃ。

構わぬな？」

「え、で、でもここにお住まいなんですよね？　いくらなんでもご迷惑では……」

トン子の言葉に、まどかが慌てて首を振る。

「なんじゃ？　先ほどかように契りを交わしたではないか」

「あ、あの時はここに誰も住んでいないとばかり思って……」

「はて、その前に『この家の守りをしておるものはおる』と伝えたはずじゃが？」

「そ、それはそうですけど、まさかここで暮らしているとは……」

トン子の指摘に、まどかはついしどろもどろになってしまう。

すると、青年がふうと息をついてから口を開いた。

「わかった。部屋はどうすればいい？」

「えっ？　えっ？」

突然の言葉にまどかの目が点になる。

「トン子が決めたなら、自分は従うだけだしな」

「で、でも……本当にいいんですか？」

「ああ。それが俺とトン子との契りだからな」

青年はそう言うと、トン子へと視線を下ろす。

その視線に、トン子はにこっと笑顔を見せた。

「ということで本決まりじゃ。っと、そうなれば互いに紹介が必要じゃな」

「あ、そうですね。黒川まどかと申します。ええっと……」

「寺畑高《てらはたこう》。コウと呼んでくれればいい」

「は、はいっ。コウさんですね。しばらくご厄介になりますが、どうかよろしく……」

お願いします、と続ける前に、ぐぅぅと大きな音が部屋に響いた。

まどかの顔がみるみる赤くなる。

「斬新な自己紹介だな」

コウの口元に、この日初めて笑みがこぼれていた。

◇　◇　◇

「お待たせしましたー。ホット二つにオレンジジュース、それにモーニングが三つですね。どうぞごゆっくりー」

「ありがとうございます！」

お腹を空かせたまどかは、コウたちの案内で近くの喫茶店へとやってきた。

老若男女が集うにぎやかな店内には、アットホームな空気が流れている。

朝早くにもかかわらず、ほとんどの席が埋まっていた。

「ささ、冷めぬうちに食べるが良い。ここのトーストはうみゃーぞー」

「はいっ。では、早速いただきます」

トン子に促されたまどかが、やや厚めのトーストをぱくりと一口頬張る。

サクッと小気味よい音とともに、中から甘さを含んだ香りが立ち上ってくる。

きつね色に焼き上げられたサクサクの表面と、ふんわりとした内側のパンの対比がなんとも心地よい。

たっぷりと塗られたバターの塩気もアクセントとして効いている。まどかの頬が自然と緩んだ。

「美味《おい》しいです！　食パンってこんなに美味しかったでしたっけ？」

「そうか？　これくらいどこでもあるだろ」

感激を伝えようと身を乗り出すようにして話しかけるまどか。しかし、コウの冷めた返事に勢いをそがれる。

まどかはソファに腰を掛け直すと、頬を膨らませながらじーっと上目遣いでコウに視線を送った。とはいえ、トーストはしっかり口元にキープしている。

「でも、うん、やっぱり本当に美味しいです。いつも家で食べてたパンと全然違います」

「そりゃそうじゃて。喫茶店で使うとるパンは、業務用のええもんだでなぁ」

「業務用？」

思いもよらない言葉に、まどかが戸惑いを見せる。

するとコウが、コーヒーを一口啜《すす》ってから口を挟んだ。

「名古屋には喫茶店や飲食店向けのパンを専門で作ってる業務用のパンメーカーが多いんだ。喫茶店が多いから、店用の食パンにもそれだけ需要があるってことだな」

「業務用といっても安もんじゃにゃあよ。むしろスーパーの特売品に比べたら倍以上するやつも多いんじゃ」

「えっ⁉　そんなに高いんです⁉」

大きな口で頬張ろうとしていたまどかだったが、思わず手を止めてまじまじとトーストを見つめる。

そう聞くとなんだか輝いているようにも見え始めた。

「モーニングといえばトースト。そのトーストが不味《まず》けりゃ客は離れていく。だから、どのメーカーもトーストにして美味《うま》い食パンを作ってるし、店の方も少々値が張っても美味い食パンを使いたがるってことだ」

「なるほどー！　結構長いこと名古屋で暮らしてきたつもりでしたが、全然知らなかったです。コウさんって博識なんですね」

一度止めた手を動かし、あっと言う間にトーストを食べ終えたまどかが、手についたパンくずをそっと払いながら目をキラキラと輝かせる。

コウはどこか照れくさそうにそっぽを向くと、コーヒーのカップを傾けた。

「たまたま知ってただけだ。それより、餡《あん》は塗らなくてよかったのか？」

「あーっ！　忘れてましたー！」

まどかの視線の先には小皿に入った餡。

半分食べてから小倉トーストにしようと残しておいたのだが、トーストのあまりの美味しさにその存在をすっかり忘れてしまったようだ。

先程までの笑顔がみるみるうちにしぼんでいく。

「せっかく、せっかく楽しみにしてたのに……」

「そう落ち込まんでも。なんならコーヒーにあんこを入れて飲んでまやえて」

「えーっ⁉　コーヒーにあんこを入れるんです⁉」

トン子の提案に驚いたまどかが目を大きく見開く。しかし、トン子は意に介さない。

「左様。あんこの甘さとコーヒーの苦味はよー合うでな。昔はあんこ入りのコーヒーがハイカラだったもんじゃ」

「そ、そうなんですね。でも、せっかく初めてのお店だし、コーヒーはそのまま楽しみたいかも。でも、あんこはもったいないし……」

眉間に皺を寄せながら小皿の餡を見つめるまどか。

すると、コウが手元に残していたトーストを二つに裂いた。

「これくらいあれば食えるだろ」

「えっ⁉　でも、これコウさんの分……」

「今日は流れで一緒に来たが、普段は朝飯食わないからな。遠慮はいらん」

「本当にいいんです？　もらっちゃいますよ？」

「いいって言ってるだろ。とっとと食べちまえ」

「はいっ！　じゃあお言葉に甘えます！」

まどかはペコリと頭を下げると、半分に裂かれたトーストに餡をたっぷり塗ってガブリと頬張った。

バターの塩気に餡の甘さとコクが加わり、口の中でハーモニーが奏でられる。

一口、また一口と頬張りながら、まどかは満面の笑みを浮かべていた。

その嬉しそうな様子を目の当たりにしたコウが、フッと小さく息をつく。

そして自分のトーストに手を伸ばしかけた時、傍らから見上げる視線に顔を上げた。

「なんだ。なんか顔に付いてるんか？」

「いやいや、珍しい風の吹き回しじゃなーと思うてな」

そう言いながらトン子が意味ありげに口角を持ち上げる。

するとコウは、一瞬鋭い視線をトン子に落とすものの、やがて目力を緩めてふぅと息を吐いた。

「さっきあんな腹音聞かされたらそうもなるだろ。ちょっとばかり感情が忙しいやつだが、まぁこの食いっぷり見てたら悪いやつとは思えねえしな」

「ふへ？　なんか言ひはひたー？」

残りわずかの小倉トーストを一口ずつ大切に食べ進めていたまどかがのんきな声を上げる。

その姿は、まるで頬袋に餌を溜め込んだリスのようだ。

警戒心をまるで感じさせないまどかの態度に、コウが思わず首を横に振る。

「なんでもねーよ。ほら、早く食べちまえ」

ため息交じりに言葉を吐き出したコウが、くいっとコーヒーカップを傾けた。

◇◇◇

モーニングを済ませた二人と一柱は、再び古民家へと戻ってきた。

コウはうーんと一度背を伸ばすと、土間に置かれた木の長椅子にどかっと座りこむ。

トン子もその隣に腰を掛けた。

「まどかもまぁ一服しやーせ」

「ありがとうございます。あ、でも、先にこれを冷蔵庫に入れておきたいんですけど……」

まどかがそう言いながら白い袋を掲げる。戻る前にコンビニで買った飲み物だ。

トン子がちらりと視線を送ると、コウが気だるそうに土間の奥を指さした。

「冷蔵庫ならこの奥の台所にある。好きに使えばいい」

「ありがとうございます。じゃあ、早速お借りしますね」

コウに言われたまま、まどかが土間の奥へと入っていく。

壁には網入りの型ガラスがはまった窓。そこから漏れる光が、奥の部屋をぼんやりと照らしていた。

壁に沿って置かれたステンレス製のラックには、無造作に食器や鍋、フライパン等が置かれている。

その横には業務用と思《おぼ》しきテーブル型の冷蔵庫。部屋の奥にはシンプルなガス台に、中華料理店にしかなさそうな大きなコンロまである。

台所には違いないが、一般的な家庭のそれとは趣を異にしていた。

「えーっと、おじゃまします……」

まどかはポツリと小さくつぶやくと、静かに部屋の中へ進んでいく。

ブーンとやや大きめのモーター音が鳴る冷蔵庫を開くと、白い光が庫内を照らし出した。

「あれっ」

冷蔵庫の中を見たまどかが思わず首をかしげる。

電源が入っているにもかかわらず、冷蔵庫の中はほぼ空。中段にアルコールと思しき瓶が三本ほど入っている以外は、扉の棚に使い古しの調味料のチューブがいくつか転がっているだけだったのだ。

しかも、チューブをよく見るとどれも賞味期限が切れている。それも、一ヶ月以上も前にだ。

「これ、もうダメだよねぇ……」

うーんと悩むまどかだが、勝手に捨てるわけにもいかない。

とりあえずそのままにして、先ほど買ってきたばかりのペットボトルを冷蔵庫の下段に詰めていった。

「これでよしっと」

扉を閉め、まどかが立ち上がる。その時、シンクの中がふと視界に入ってきた。

「……うそっ」

思わず眉をひそめてしまう。

飛び出すように台所を出ると、コウに早口でまくしたてる。

「コウさん！　お勝手、お掃除していいですか⁉」

「ん？」

長椅子にまたがるようにして腰を下ろし、そのまま仰向けに寝そべりながら文庫本を開いていたコウから、何とも気のない声が返ってくる。

それがまどかの心をさらにざわめかせた。

「お勝手の洗い場、食べ終わったラーメンのカップとか割り箸とかそのままじゃないですか！　虫が湧いちゃいます！　それに、冷蔵庫の調味料も賞味期限が切れてましたし！」

「まどかよ、すまぬのう……」

大きく開いたコウの膝の間に挟まるようにして座っていたトン子が、椅子の上からぴょんと飛び降り、申し訳なさそうに頭を下げる。

「こやつときたら、部屋のことはとんと無頓着でのぉ。ワシが掃除しろーって何度言うても適当に片づけを済ませるだけなんじゃ」

「最小限の片づけはやってるだろ？」

ゆっくりと体を起こしながら口をとがらせるコウ。

しかし、その一言はトン子の怒りを買っただけであった。

「だまらっしゃい！　ほんならこりゃーどーゆーこったて？」

トン子は長椅子の前においてあったローテーブルにすっと人差し指を滑らせると、コウの目の前に突き出す。

うっすらと灰色に染まった指を見せつけられ、コウはうっと喉を詰まらせた。

「この通り、コウは身のまわりのことに本当に無頓着なんじゃ。本来のワシの居場所たる屋根の社も手入れが行き届いとらん。守り人としてはちーとばかし心もとにゃあんじゃ」

「あ、それでさっき『この家のワシの社をしっかりと手入れしてくれれば』って……」

まどかの言葉に、トン子がコクリと頷く。

「そういうことじゃ。まぁ、家賃代わりと思うて、塩梅《あんばい》ようやってちょーせー」

「は、はい。それくらいはお安い御用ですし、住まわせてもらうのなら……」

何か言いかけたまどかだったが、不機嫌そうに睨んでくるコウを見ると、ぐっと言葉を飲み込んだ。

うぉっほんと一つ咳払いすると、コウに向けて頭を下げる。

「これからお世話になりますし、お掃除をさせて頂けませんか？」

そう言いながらまどかはコウの瞳をじっと見つめる。

コウはポリポリと頭をかくと、ゆっくりと腰を上げ、台所へと向かった。

「え？」

コウの行動の意図が分からず、まどかがきょとんと目を丸くする。

すると、コウが不意に振り向いた。

「お前だけじゃ勝手が分からんだろ。それにゴミをそのままにしておいたのはこっちだしな」

「あ……は、はい！」

まどかはニコッと微笑むと、コウの後に続いて奥の台所へと入って行った。

◇　◇　◇

「ふー、これで全部ですね……」

満タンにゴミが詰まった半透明のビニール袋を二階から運んでくると、まどかはドカッと土間の隅に下ろす。

結局まどかたちは、台所にとどまらず家全体の大掃除を行っていた。

コウが暮らしている部屋ですら本当に最低限の手入れしかされておらず、家のあちこちから不用品や傷んだものが出てくる始末。

小上がり奥の押し入れから湿気にやられたと思われるシミだらけになった座布団が出てきたし、二階の部屋には大量の空き箱が溜め込まれていた。他にも壊れた洗濯かごや古い雑誌などもたくさん残っており、ゴミ袋が足りなくなって途中で買い出しに行かなければならないほどであった。

積み上げられたゴミを前に、少女の姿で手伝っていたトン子が、たすきを外しながら満足げに頷く。

「よーやっとすっきりしたのぉ。社もおかげさんで綺麗になりゃーした。ほれ、コウもちゃんと礼を言やーせ」

「いえいえ、私こそこれから住まわせてもらうのですからこれくらいは……」

トン子の言葉に、まどかがふるふると首を振る。

すると、土間と小上がりの間にある敷台にどかっと腰を下ろしていたコウが、一度トン子を見てから視線を落とし、そのままペコリと頭を下げた。

「……助かった」

「い、いえ…」

小さな声でポツリとこぼされた礼の言葉に、まどかは何とも面はゆい気持ちになる。

ポリポリと頬をかきながら、まどかはきょろきょろと辺りを見回し始めた。

その様子が気になったのか、トン子が声をかけてくる。

「ん？　なんか気になることでもありゃーしたか？」

「いえ、改めてみると随分と土間が広いんだなーって思いまして……」

トン子の問いかけに答えながら、床の三和土を足でトントンと踏み鳴らす。

今や土間がある家はめっきり少なくなったが、山奥の旧家であったまどかの祖母の家にも大きなテレビや応接セットが置けるほどの広い土間があった。

自転車をこいで学校から帰ってくると、ソファにゴロンと寝転びながらテレビのスイッチをつけるのがまどかの日課。あまりゴロゴロしてばかりいると祖母からたしなめられることもあったが、いまや良い思い出だ。

そんなまどかでも、この家の土間の広さには驚きを隠せなかった。

一階は四畳半ほどの小上がりと階段へと続く廊下以外は全部土間。むしろ、土間の右奥に小上がりがついているといった方が正しいとも思える。

出入り口となる格子状の引き戸も建物の左右に二箇所あり、古民家といえども住宅としては少々不自然な造りだ。

そんなまどかの疑問に、トン子が嬉しそうに笑みを浮かべる。

「よー気づきゃーした。ここはもともと店をやっとってな。商売もんを置いとくのに土間を広くとってあったんじゃ。何度か改装もしとらっせるが、ほんでもまだこうして当時の面影が残っとるちゅうわけじゃよ」

「へーっ。ここでお店を……」

改めて説明を受けると、不思議とこの土間が店頭に思えてきた。

玄関からは若い衆たちが荷を運び入れ、小上がりに座った主人が彼らにテキパキと指示を飛ばす。すると、奥からは「おまいさん、ちょっとは休まないかい？」と凛とした声。ほどなく、綺麗に髪を結いあげた女将さんがお茶を持ってきて……。

「言っておくが、その女将さんとやらは絶対お前みたいなやつじゃないからな」

「もー、せっかくいい雰囲気に浸ってたのにー！　というか、なんで私がそんなこと考えてるってわかったんですか⁉」

水を差してきたコウに激しく抗議するまどか。しかし、トン子が首をゆっくりと横に振る。

「まどか、思いっきり口から出とりゃーしたぞ？」

「えっ、ほ、本当ですか⁉」

ゆっくりと告げられた事実に慌てて口を手で押さえたものの、まどかの顔はみるみるうちに真っ赤に染まっていく。

しかし、コウはそんなまどかの様子も意に介さない。

「今はただの古いボロ屋だ。こんな幽霊みたいなのも憑いている訳だしな」

「幽霊とはなんじゃ。ワシは曲がりなりにも神の分体じゃぞ？　もう少しは崇め奉ったらどうじゃ?」

「知らん。人間じゃないなら、みんなお化けか幽霊みたいなもんだ」

コウはそう言い切ると、つれなくぷいと顔をそむける。その後ろでは膨れっ面をしたトン子がポカポカとコウの背中を叩いて猛抗議だ。とはいえ、コウは気にした様子も見せないのだが。

その様子はほほえましく感じるものではあったが、これ以上エスカレートするのも良くないだろう。まどかがそれとなく話題を切り替える。

「そういえば、ご飯ってどうされてるんです?」

「飯《めし》?」

「ええ、冷蔵庫の中が空っぽだったので気になっちゃいまして」

顔色をうかがいながら尋ねるまどかだったが、コウは大して気にした様子もなく淡々と答える。

「酒さえあれば問題ない。専《もっぱ》らコンビニで買ってくるか、有るもので適当に済ませるか、だな。腹が膨れれば別にそれで構わんだろ」

「やっぱり……」

台所を掃除していた時、料理をした形跡がほとんどないことにまどかは驚いていた。台所の脇、ちょうど階段の下にあたるスペースが食品庫になっていたが、そこにあったのもカップめんや缶詰、スナック菓子といったものばかり。このようなものばかり食べていたのでは、いくら若いとはいえ体によくないと言わざるを得ないだろう。

しばし間を置いてから、まどかが再びコウへと視線を送る。

「えっと……、ここでお世話になっている間、ご飯作りは私に任せてもらえませんか？」

「え？」

唐突な申し出にコウが思わず聞き返す。

「私の祖母が言ってました。ご飯は何よりも大事だって。体のことはもちろん、心の健康を保つにも、日々のご飯をおろそかにせず大切にしなさいと教わってきたんです」

「ほほう、それは良い教えじゃな」

「だから、これからも祖母の教えは大切にしたいんです。でも、ここで一緒に生活するのに自分の分だけ料理するのも気が引けます。だから、ご迷惑じゃなかったら、一緒にご飯を食べてもらいたいんです」

どこか自分に言い聞かせているようにも聞こえるまどかの言葉に、トン子はうんうんと大きく相づちを打った。

「なるほどな。無論、ワシは大歓迎じゃ。こやつの食ろうとる飯は食べる気にならんかったのでのぉ」

「え？　じゃあこれまでどうしてたんです？」

　思わぬ言葉に、今度はまどかが聞き返す。

「ワシはこれでも神の分体だで、飯を食わんでもかまわん。じゃが、うみゃー飯ならワシの神力の源になるで、大歓迎じゃ」

「そうなんですね！　それならトン子様に喜んでもらえるご飯、頑張って作ります！」

「うむ、楽しみにしておるぞ」

　笑みを浮かべるトン子に、まどかも口元をほころばせながら大きく頷いた。

　続いて、家主でもあるもう一人の同居人にも顔を向ける。

「えっと、そうしたらコウさんは……」

「俺は別に何でもいい」

　コウの答えはあくまでも淡々としたものであった。

　なんとも解釈しがたい返事に、出しゃばりすぎたかなとまどかが顔を曇らせる。

「心配せんでもええ。まどかに任せたということじゃ。ったく、齢《よわい》二十六にもなるっちゅーのに、たわけた物言いばっかではかん《アカン》と言うとろーが？」

「うるさい」

　トン子の小言を、たった四文字でぴしゃりと遮るコウ。

　その言葉に続いたのはまどかの驚きの声であった。

「に、にじゅうろく⁉」

「ん？　どうしたまどか？」

素っ頓狂な声を上げたまどかを、トン子が心配そうに見つめる。コウも目をぱちくりとさせながら首をひねった。

やがて、まどかがうめくように声を絞り出す。

「わ、私より年下……？」

「え？」「なんと？」

同時に声を上げるコウとトン子。

小上がりに飾られた柱時計がボーンボーンと時を告げた。

◇　◇　◇

「あー、びっくりしたー。まさかコウさんが年下だなんて……」

古民家から目と鼻の先のところにある商店街。そのアーケードの下を歩きながら、まどかがぽつりとこぼす。

隣をトコトコとついてきているトン子がうんうんと頷いた。

「正直ワシもまどかがコウより年上とは思わなあだわ。存外、年いっとったんじゃのぉ」

「えっ？　それって若く見えたってことです？」

「まぁ、そう言うことにしておいてやろうかの」

「えー、それってどういう意味ですー？」

微妙な言い回しをするトン子に、まどかが口をとがらせる。

しかしそれもつかの間のこと。まどかはくすっと笑みを浮かべた。

目に映るのはまどかにとって初めての街並み。年季の入った看板を掲げる店があったかと思うと、そのすぐ近くには最近できたばかりと思われるコンクリート打ちっぱなしのおしゃれな建物もある。新旧入り交じった独特な雰囲気が辺りを包み込んでいた。

しかし……。まどかの目から徐々にきらめきが薄れていく。

それに気づいたトン子が、まどかに語りかけた。

「静か、じゃろ？」

「い、いえ、そんなことは……」

心の中を見透かされ、慌てるまどか。しかし、トン子はゆっくりと首を横に振った。

「事実なんじゃから遠慮せんでええ。まぁ、これでもだいぶんと持ち直した方じゃて」

「そうなんです？」

「ああ、一時期は本当に寂しい街じゃったからのぉ」

しみじみとつぶやくトン子。

名古屋城と名古屋駅の中間という都心部に位置するこの商店街の一帯は円頓寺《えんどうじ》界隈と呼ばれており、戦前までは名古屋北西部の繁華街として大層な賑わいがあったという。

しかし、昭和も半ばを過ぎると、名古屋の街の整備に伴って近隣の鉄道駅や市電が相次いで廃止され、乗り継ぎに通っていた客もめっきり減少。トン子によれば、街はすっかり寂れ、閑古鳥が鳴くばかりとなっていたそうだ。

近年は新しい飲食店や施設も増え、人通りも少しずつ戻りつつある。とはいえ、平日の昼下がりであるこの時間は、人影もまばら。のんびりとした空気に包まれているといえば聞こえは良いが、いささか寂しさが感じられるのも無理はなかった。

「まぁ、ゆうて悪くはない街じゃよ。ほれ、昔ながらの肉屋もこうして残っておるしな」

「あ、ここがコウさんが言ってたお店ですね」

赤く塗られた店内に昔ながらのショーケース。その佇まいはいかにも昭和の商店を感じさせる。

店先に立つと、揚げ物の香りがふわーっと鼻をくすぐった。

「これ、お買い物に寄ったら絶対お腹すくヤツ……！」

腹に手を当てながら、眉間にしわを寄せるまどか。しかし、その目は店頭の惣菜メニューに釘付けになっていた。

どうしようか逡巡していると、まどかの脇をシルバーヘアーを綺麗にまとめた婦人がするっと通り抜ける。

「コロッケ十個、後で取りに来るでー」

「あいよー」

慣れた様子で注文を言い残すと、ご婦人はさっと店を離れる。きっと常連なのであろう。短いやりとりながら、この街における店と客、あるいは人と人との距離感が垣間見えたようにまどかには感じられた。

「さて、では我々も注文するかの」

「え？」

当たり前のように告げたトン子だったが、まどかは一瞬戸惑ってしまう。

この店は作り置きはせず、注文してから店奥のフライヤーで揚げてくれるスタイルのようだ。揚がったばかりのコロッケはきれいなきつね色。見ているだけでもサクサクが伝わってくる。

とはいえ、今は夕食の材料の買い出し途中、用事を済ませるのが先決。まどかはグッと唇を噛んでその場を離れようとする。が、トン子の一言がそれに待ったをかけた。

「なんじゃ、食わぬのか？」

「あ、食べます！　食べたいです！」

トン子の誘惑にあっさりと負けてしまうまどか。この揚げたてコロッケを見てしまったのが悪いんだ、おやつにはちょっと遅い時間だけど、今日はいっぱい体を動かしたから大丈夫、と必死に自分へ言い訳を聞かせていく。

結局まどかたちは、コロッケを一つずつ注文。ほどなくして、揚げたてのコロッケが小袋に入れられて渡される。

「熱いんで気ーつけてなー」

「はーい、ありがとうございまーす」

店員に頭を下げて少し店から離れると、まどかはコロッケにも軽く会釈をしてからあーんと大きな口で頬張った。

昔ながらの小判形に揚げられたコロッケは、サクサクの衣のなかから、じゅわーっと肉の旨味があふれ出してくる。胡椒をしっかりと効かせたはっきりとした輪郭の下味に、サクッというよりはむしろカリッとに近い衣。そして肉の旨味を全部吸ったかのようなねっとりとした中身。ヘルシー志向な今時のものとは一線を画する、なんとものノスタルジックな美味しさだ。

　まどかは一口、また一口と夢中で食べ進める。

「んんっ!!　あふっ、ほひひーーーっ!!」

「慌てんでもええ。しかし、いつ食ろうてもまーどえりゃーうみゃーこったわ」

「ふはーっ！　本当に美味しいです!!　じゃがいもと玉葱、あとお肉がちょこっと。それを丸めて揚げただけ、何にも特別じゃないんです。でも、本当に、本当に美味しいんです!!　あーん、もうなくなっちゃうーっ！」

　そう力説したまどかは、最後のひとかけをじーっと見つめ、しかし堪らず口の中に放り込む。そして、満面の笑みを浮かべながら両脇をブンブンと上下に振った。

「しっかし、飯というのは素晴らしいのぉ。人が生み出した神の業と言うても過言じゃにゃーで。うむ、やっぱりうみゃー」

　トン子も最後の一口をパクリと平らげ、まどかに負けじと笑顔を見せる。

　まどかはポシェットから手拭きを取り出すと、そっとトン子へと差し出す。

「やっぱり祖母の教えは間違ってないです。美味しいご飯が大事！」

「ほうじゃな。まどかのばばさまは素晴らしく立派な方のようじゃな」

「ええ、本当に……」

　コクリと頷いたまどかだったが、首を戻しても目は伏せたまま。虚ろげに地面を見つめる。

一寸の間を空けて、トン子が優しく声をかける。

「さて、買い物の続きじゃ。肉がいるのじゃろう？」

「あっ、そうそう！　お肉!!　すいませーん」

まどかははっと顔を上げると、ショーケースの奥にいた店員に声をかけた。

◇　◇　◇

「お待たせしましたー！　順番に運んでいきますね」

日が傾き、電球が灯された台所からまどかの声が響いてきた。

その声に、長椅子に腰をかけたトン子がわくわくとしながらのぞき込む。

「さっきからええ香りがしとった。楽しみじゃのぉ。ほれ、コウもちゃっと手伝いやー」

「へーへー」

トン子に促され、コウが渋々と腰を上げた。

台所に入ると、ウサギのアップリケがついた赤いエプロンをまとったまどかが、鍋から汁物をよそっている。

「このお台所、本当に使いやすいです。ちょうど良く手が届くっていうか……」

「そうか。これを持ってけばいいのか？」

「あ、は、はい、お願いします」

まどかが言うのが早いか、コウはコールドテーブルに並べられていた皿をさっと持って行ってしまった。

言葉をすっと流されてしまい、まどかの心がしゅんとしぼみかける。

とはいえ、これまでの食生活の様子から察するに、コウはあまり料理に興味がないのかもしれない。なら、仕方がないか。まどかはそう自分に言い聞かせると、朱塗りの椀をお盆にのせた。

「結局簡単なものになっちゃいましたが、お口に合えばうれしいです」

「いやいや、こりゃー大層なもんだて」

食卓代わりのローテーブルに並べられた料理を、トン子が身を乗り出してのぞき込む。

大きな平皿に盛り付けられているのは豚肉の炒めもの。タレがしっかりと絡み、タレの焦げた良い香りを放っている。

添え物には千切りキャベツとポテトサラダ。小鉢に水菜のおひたしもある。朱塗りの椀に注がれているのは、油揚げと大ぶりに切ったネギが入った赤だしの味噌汁。もちろん茶碗によそわれたご飯からもほかほかと湯気が立ち上っていた。

「それでは、いただきます」

そっと手を合わせ、頭を下げるまどか。それにつられるようにトン子も手を合わせてうんと頷く。

まどかが顔を上げると、茶碗を手にしたコウが淡々と箸を動かしていた。

口に合うかな、大丈夫かな。コウのものより少しだけ小ぶりの茶碗を持ちながら、まどかがそっとコウの表情をうかがう。

しかし、先に答えを返してくれたのはトン子の方であった。

「うんみゃ！　こりゃー、どえらけにゃあうみゃーで!!」

肉を口いっぱいに頬張ったトン子が、満面の笑みを浮かべる。

どれだけたくさん口に入れたのか、口の周りはタレまみれになってしまっている有様だ。

そんなトン子の口元を拭きながら、まどかが目元を緩ませる。

「お口に合って良かったです。ほっとしました」

「お口に合うどころか、どえりゃーうみゃーで。まどかは料理が達者なんじゃのう」

「いえいえ、祖母に手ほどきだけしてもらって、あとは見よう見まねです」

まどかはそう言いながら炊きたてのご飯を口に運ぶ。その頬はほんのりと紅色に染まっていた。

「しっかし、この肉のやつ、どっかに馴染む味がするのぉ、どうやって作ったんじゃ？」

「あ、それは……」

「味噌だれ、だろ？」

答えかけたまどかの対面から、コウが唐突に声を上げる。

「えっ？」

「味噌だれと生姜、あと焼き肉のタレも使ってそうだな」

「すごい、正解です……！」

食に関心がないと思っていたコウに言い当てられ、まどかは思わずぽーっと見つめてしまう。

しかし、そんなまどかの視線も意に介さず、コウは淡々と感想を続けた
「次は少しだけ黒胡椒を加えてやるのもいい。味が締まって、酒のアテにもちょうど良くなる」

「なるほど、勉強になります……って、あーっ！　自分だけビール持ってきてる！」

コウの手元には、いつの間にかビールが用意されていた。

興奮するまどかにも、コウはあくまでも調子を崩さない。

「食品庫の方の冷蔵庫で冷やしてある。欲しけりゃ取ってこればいい」

「うー、一緒に用意してくれればいいのに……。取ってきます！」

口をとがらせながらも台所へと向かうまどか。冷蔵庫の扉を開けると、台所のコールドテーブルとは異なり、緑色がおしゃれなビールの小瓶が大量に並べられていた。

「いただきます」

ポンと手を合わせてから小瓶を一本取り出し、戻り際に台所のステンレスラックから足つきのグラスを一つ手にする。

席に戻ると、一つ忘れ物をしたことに気がついた。

「あ、しまった。栓抜きもいりますよね。えっと、栓抜きってどこに置いて……」

そう尋ねかけたまどかだが、言い終わるのを待たずにコウが立ち上がる。

そして台所へ入っていくと、栓抜きに加えて素焼きの片口を一つ持って戻ってきた。

どうしたのだろうとまどかが首をかしげていると、テーブルの前に立ったままコウが声をかけてくる。

「貸してみろ」

「あ、は、はい」

言われるがままビール瓶を渡すまどか。

コウは慣れた手つきで栓を抜くと、右手でその瓶を高く掲げながら、左手で支えているテーブル上の片口にビールを細く注ぎ始めた。

みるみるうちに片口が白い泡で満ちていく。

「えっ、ええっ？」

まどかが驚いて見つめていると、今度は片口から持ち替えたグラスを斜めに傾け、縁に沿わせるように静かにビールを注ぎ始めた。

黄金色の液体がゆっくりと小さな泡を上らせながらグラスを満たしていく。

七分目ほど注いだところでグラスをテーブルに置き、その上から片口をそっと傾ける。すると、ムースのようなきめ細やかな泡がきれいな層を作り出した。

一連の所作はなめらかで、ここが古民家の土間ということを忘れさせるほど。

ぽーっと見つめていたまどかに、コウは無言のままグラスをすっと差し出した。

「あ、あ、ありがとうございます」

急に差し出されたグラスを慌てて受け取ると、まどかは小さく会釈をする。

そしてゆっくりと口元へと運ぶと、グラスを傾けた。

「……美味しい、美味しいですこれ！」

白い泡の口当たりはどこまでもなめらか、それでいてビールそのものからは炭酸がしっかりとはじける。同じ銘柄のビールは何度も飲んだことがあるが、不思議なことに今日のビールは格段に美味しく感じられた。

眼をぱちくりとさせているまどかを横目に、トン子がうんうんと頷く。

「さすが。腕は全く鈍っとらんようじゃな」

「腕?」

グラスを口元にくっつけたまま、首をかしげるまどか。

するとトン子が、再び一つ頷いてから自慢げに話し始めた。

「コウは腕利きのばー……ばー……えーっと」

「バーテンダー」

「そう、ばーてんだーだったんじゃ。それこそ将来を嘱望されておってなぁ。本来ならこんなところで燻《くすぶ》っとる場合じゃないんじゃが……」

「トン子」

滔々《とうとう》と語り始めたトン子の言葉をコウが強い調子で遮る。じろっと睨みつけられたトン子は、肩をすくめた。

「まぁ、細かいことはさておき、腕は間違いなく一流、ということじゃよ」

「ええ、プロの技って感じでした。それに、仕草がとってもスマートできれいで……」

まどかはグラスを目の高さに掲げると、にこっと笑みを浮かべる。

グラス越しに見えたのは、不意に視線をそらし、どかっと長椅子に座り込むコウの姿であった。

「さて、飯が冷めまったらもったいにゃー。ちゃっと食べよみゃー」

「そうですね。では改めて」

まどかはパンと手を合わせると、再び料理へと箸を伸ばした。

◇　◇　◇

「片付け終わりましたー。って、あっ……」

手を拭きながら台所から戻ってくると、猫の姿となったトン子が小上がりで丸まっていた。

まどかは声をひそめ、抜き足差し足でそっと歩く。

「大丈夫じゃ。寝とるわけじゃにゃあ」

「ひゃっ！　もー、脅かさないでくださいよぉ」

不意を突かれたまどかは一瞬驚くものの、ほっと胸をなで下ろす。

ふと見ると、土間の長椅子では腰をかけたコウが、文庫本を片手にグラスをちびりちびりと傾けていた。

「こっち、おじゃましてもいいですか？」

まどかの問いかけに、コウは本から視線を外さないまま黙って首肯する。

テーブルを挟んではす向かいに腰を落ち着けると、まどかはふぅと息をついた。

「飲むか？」

コウは一言そう言うと、文庫本をテーブルに伏せ、代わりにボトルを持ち上げる。

「それって、お酒……ですよね？　んー、あんまりお酒には強くないんですが、少しだけご相伴《しょうばん》させてもらっていいですか？」

まどかがそう答えると、コウはボトルの横に用意されていた小さな足つきのグラスにお酒を指一本分、さらにペットボトルから同量程度の水を注ぐ。

そして軽くくるんとグラスを回し、そっとまどかの前に差し出した。

「これでも二十度ぐらいはある。まだきついようならもう少し割るから言ってくれ」

「あ、ありがとうございます」

二つの無色透明な液体が混じり合い、グラスの中でかすかに靄《もや》が浮かんでいる。

まどかは小さく頭を下げると、まずは一口、口に含んだ。

その瞬間、酒精とともに口の中で柑橘やスパイスなどの香りを含んだ複雑な香りがはじけるように広がっていく。

「おいしい。これ、何てお酒なんです？」

「クラフトジンだな。前に知り合いの蔵から分けてもらった試作品だ」

「ジンって、あのジントニックとか、カクテルに使うジンです？」

「ああ。本来なら最初はストレートで飲む方が味がはっきりするんだが、お酒に強くないならトワイスアップの方が飲みやすいだろう」

確かに水で割ってあるせいか、むせ返るようなことはない。かといって水でただ薄まっているという感じもなく、むしろ華やかな香りが立っているようにさえ感じられた。

「トワイスアップは本来ウィスキーの飲み方だが、蒸留酒ならだいたい何でもいける。例えば焼酎も同量の水を加水してやるだけで、一般的な水割りとは全く違う、酒本来の旨さを楽しめるんだ。日本酒も少し加水してやると飲みやすく、また味の変化も楽しめたりする。ま、これは日本酒党には怒られる飲み方だがな」

「へー、勉強になります」

初めて知ることばかりで、まどかは何度も相づちを打ちながら耳を傾ける。

すると、ふっと我に返ったのか、コウが急にそっぽを向いてグラスを傾けた。

徐々にコウの人となりが見えてきたようで、まどかは心がくすぐったくなる。

「コウさん、お酒好きなんですね」

「嫌いなら、こうして飲むことはしないだろ」

相変わらずつっけんどんな答えだが、先ほどまでとは少し聞こえ方が変わってきたようにまどかには感じられた。

ふふっと笑みを浮かべると、まどかはまた一口分だけグラスを傾ける。

柱時計がならすカチカチという音が、土間に響いていた。

やがてまどかは、グラスをそっとテーブルに下ろすと、ふーっと大きくため息をつく。

その様子が気になったのか、トン子が首をひょいと持ち上げた
「おや、どうかしたのか？」

「いや、明日から仕事探さないとなって思いまして……」

今日一日元気に振る舞っていたまどかであったが、それは心の不安から目を背けていただけに過ぎなかった。

とりあえず、トン子やコウと出会ったおかげで、失った住まいの代わりに当座を凌がせてもらえる居場所を見つけることはできた。

元彼にまんまと騙されて財産の大半を持っていかれたとはいえ、まだ多少の蓄えも残っている。

とはいえ、ずっとこのままでいるわけにはいかない。仕事をしなければ、蓄えも早晩尽きてしまう。アルバイトでも何でも、とにかく生活の糧を稼ぐ手段を見つけなければならないのは明らかだ。

しかし、まどかには気がかりなことがあった。

それは、新しい職場で周りの人たちとうまく人間関係が作れるかということ。

もともと輪の中に入るのが得意なタイプではない上に、元彼との一件がまどかの心に深く刺さっている。自分がどれだけ相手を信じていても、相手は身勝手に自分を裏切るのだ。

一度そう考え始めると、心の奥底からドロドロとした澱《よど》みが湧いてくる。

胸が苦しく、今にも押しつぶされそうだ。

「おい、大丈夫か？」

遠くで誰かが呼んでいる気がする。でも、どうでもいいや。このまま何にも考えず、沈んでいけばいいいんだ……。

そのとき、目の前でバンッと大きな音が弾けた。

「ひゃっ‼」

心の闇に呑み込まれそうになっていたまどかが、不意の音に飛び上がる。

ゴツン、と鈍い音とともに、頭に鈍い痛みが走った。

あまりの痛みに、再び椅子に腰を落とす。

すると頭の上から、うめくような声が聞こえてきた。

「ったー。ったく、急に立ち上がるんじゃねぇ」

声の方を見上げると、コウが顎を押さえている。どうやら、まどかが急に立ち上がったせいで頭と顎がぶつかったようだ。

「あ、ご、ごめんなさいっ！　怪我してませんか？」

慌ててまどかが立ち上がると、また頭がぶつかりそうになる。

コウはぐっと背をそらしてそれをかわすと、ふぅと額を拭った。

「頼むから、二度目は勘弁してくれ。あー、まだ痛え」

「本当にすみません……」

うっかり続きのまどかが、コウにひたすら頭を下げる。

すると、今度は小上がりから声がかかった。

「あれだけ酷い目に遭えば気も病むじゃろうし、人を信じられんくなるのも道理というもの。まぁそのあたりは、日にちぐすりが一番の薬じゃ。とはいうものの、コウは存外平気なんじゃな」

「そう言われてみれば……」

他人に対する恐怖や不信感があるはずなのだが、不思議とコウにはそうした怖さを感じることはない。神様であるトン子が引き合わせてくれたためであろうか？　それとも、何か別の要因があるのだろうか。

うーんとまどかが考えていると、コウがグラスを傾けながらぽつりとつぶやいた。

「まぁ、こっちは裸を見られてるしな。不審がるのはこっちの方だろう」

「うっ」

さらに痛いところをつかれたまどかが、しゅんと縮こまる。

事実なだけに、こればかりはトン子もフォローしづらい。

苦笑いを浮かべながら話題を変える。

「そうそう、仕事の話なんじゃが……、どうじゃ？　ここを使って店屋でもやってみんか？」

「「え？」」

予想もしていなかった提案に、まどかとコウが同時に声を上げる。

思わぬ形で声がそろってしまった二人は、互いに顔を見合わせた。

「いや、仕事に出るのに不安があるなら、ここで仕事をすれば良かろう。もともとここは商いをやっていたところ。それなりに手を入れれば何かしらできるじゃろうて」

「いやいやいや、そんな簡単には……」

とてもではないが、まどかには突拍子もない話にしか聞こえなかった。

それはコウにとっても同じであったらしい。大きくため息をつくと、トン子をぎっと睨みつける。

「適当なこと言って、商売なんて簡単にいくわけないだろ」

「おっと、適当ではにゃーぞ。ワシの直感がそう言うておるんじゃ」

「だからそれが適当だっ……」

「『神からの宣託』と言うてもか？」

黒猫姿のトン子が尻尾を一つビターンと床に打ち付ける。

その凜とした表情に、コウが言葉を詰まらせた。

それに対し、事情がよくわからないまどかは、首をしきりにひねっている。

「せんたく？　トン子様もお洗濯するんです？」

「そのせんたくではない、宣《のたま》うに託すと書いて宣託、いわゆるお告げのことじゃ」

「お告げ……ってことは、えっ？　トン子様には何か見えているんです？」

神のお告げと言われると、俄然先ほどの言葉が重く感じられてくる。

もしかして、真剣に考えた方がいいのかも……。まどかは戸惑いながらもトン子の提案をもう一度反芻《はんすう》する。

しかし、コウは苦い顔のまま、まどかに釘をさした。

「あんまりアテにしすぎない方がいいぞ。どうせ『当たるも八卦《はっけ》、当たらぬも八卦』とか言い出すからな」

「いやいや、そうは言うとらん。『信じるかどうかは、お主次第』じゃ」

なんとも曖昧な物言いに、まどかは思わずガクッときてしまう。

すると、再びトン子がピシーンと尻尾を鳴らし、まどかにまなざしを向ける。

「一応こんななりでも神の分体じゃからな。そう強い神力はにゃーが、まーまーええ加減の方角を示すんはできる。じゃがな、それがどんなけ《どれだけ》正しいもんであっても、実際にやるんはワシじゃなくまどか、お主自身じゃ。宣託を信じたところで、お主が努力をせなんだら上手くなどいかん。結局は、お主の未来は、お主自身の心もち一つにかかっとるんじゃよ」

「は、はい……」

トン子の真剣な言葉を、まどかは居住まいをただして受け止める。

確かにトン子の言うとおりだ。何をするにしても、詰まるところ最後は自分次第。

いくらトン子が神様とはいっても、自分の将来を託すのは筋違いだ。

真剣に考え始めたまどかを見て、トン子が優しく微笑む。

そして、今度はコウに視線を送った。

「それにまー一つ。コウ、もしまどかが店屋をやると決めたら、お主も協力したってちょーせー」

「はぁ？」

コウが長椅子から立ち上がり、抗議の声を上げる。

「これもワシからのありがてゃあ宣託じゃ。さすれば、コウ、お主も再び歩み始められると見立てておるぞ」

「……つまり、最初からそういうことだったってことかよ」

コウがトン子に向けて鋭い視線を放つ。しかしトン子は素知らぬ顔だ。

コウは、チッと舌打ちをしてから椅子に座り直す。そして、少しだけ残っていた酒をぐいっとあおると、グラスを持ったまま再び立ち上がった。

「えっ？　あれっ？」

自分の考えに没頭していたまどかが、あからさまに不機嫌なコウに気づいて目をぱちくりとさせる。コウは一度まどかを見下ろすと、台所にグラスを置き、そのまま二階へと上がっていってしまった
「まぁ、とりあえず一晩考えてちょーせー」

優しく微笑むトン子に、まどかはわかりました、と答えるのが精一杯であった。

◇◇◇

翌朝、二人と一柱は再び土間のテーブルを囲んでいた。

朝食はパンがいいというトン子のリクエストを受けてまどかが用意したのは、喫茶店のモーニング風の朝食。

ロールパンにソースで炒めた千切りキャベツと赤いソーセージを挟んだホットドッグに目玉焼き、昨日の残ったポテトサラダと、名古屋の喫茶店でも無料のモーニングサービスではなく、コーヒー代の他にプラス百円の追加料金が取れそうな内容だ。

プレートの横では、コウが淹れたコーヒーがゆらゆらと湯気をくゆらせている。

食事を楽しむために少女姿となったトン子も、ご満悦だ。

「やー、今朝もうみゃーこった。まどかはやはり料理が得手なんじゃのぉ」

「ありがとうございます。といっても、別に大した料理じゃないですけどね」

まどかがにこっと頬を緩め、舌をペロッと出す。

そして今度はコウに視線を送り、コーヒーカップを掲げた。

「それに、コウさんの淹れたコーヒーがすごく美味しいんで、それで大分持ち上げてもらってます」

「それこそ大したことじゃない。湯を注いだだけだ」

淡々と答えたコウが、ホットドッグにかぶりつく。

相変わらずの反応の薄さに、まどかは無意識のうちに眉でハの字を書いていた。

「で、一晩経ったが、結論はどうじゃ？」

ズバッと切り込んでくるトン子の言葉に、まどかが口に含んでいたコーヒーをあやうく吹き出しそうになる。

なんとかそれを飲み下すと、けほっ、けほっと二度咳が出た。

「そんな、一晩では無理ですよ。だいたい、もしお店をやるにしてもコウさんの許しを得ないことには……」

まどかはそう言いながらコウにチラリと視線を送る。

話は聞こえているはずだが、コウは我関せずといった表情。どうやらだんまりを決め込んでいるようだ。

「確かに、お店をやってみたいという気持ちはなくはないです。あの人とだってお店を始めようって準備してたわけですし。でも、今の私じゃとてもとても……」

店を出すことの大変さを身をもって理解しているまどかには、およそ現実的な話にはどうしても思えなかった。心の澱みを吐き出すように、ふぅと息をつく。

すると、今度はトン子がうーんとうなり始めた。

「まぁ、無理強いするわけにはいかにゃーか。しっかし、そうなるとワシもまーまー覚悟せねばならんのぉ」

「え？　どういうことです？」

不穏な言葉にまどかが思わず聞き返す。

するとトン子ははぁとため息をついた。

「神の分体たるワシがこの世におられるんは、ワシをちゃんと見とってくれる者たちがおってこそなんじゃ。じゃがな、まどかも今日見たとおり、この辺りはすっかり人もまばらになってまった。まあぼちぼち、ワシはお役御免ってことになってまってもおかしくないかもしれんの」

「それって、もしかして……」

思わずゴクリと喉を鳴らすまどか。

トン子もまた、コクリと頷く。

「この世での存在が消えてまうってコトじゃな。正味なところ、まぁまぁいつそうなってもおかしくはにゃあんじゃ」

「そ、そんな……」

思わぬ告白に、まどかは呆然としてしまう。

まだ知り合ったばかりとはいえ、トン子には命を救ってもらった恩もある。

そんなトン子が消えてしまうかもしれない。もしそうなってしまえば、恩を返すこともかなわなくなってしまうのだ。

力なく顔を伏せるトン子が、ぽつりと言葉をこぼす。

「あー、せめて社のあるこの場所がもうちっと賑わえば、この地を護る役目をまあまあ続けられるとは思うんじゃがのぉ」

かすかに聞こえてきたその言葉は、まどかの心に深く響いた。

もしそれが私にできるのなら――、まどかは意を決する。

「やります。いえ、私にやらせてください」

「おお？」

力強いまどかの言葉に、トン子がぱっと顔を上げる。

「正直、何の取り柄もない私では力不足かもしれません。でも、もし、少しでもトン子様のお役に立てるなら、それでトン子様が居続けることができるなら、お力になりたいんです」

「なんという頼もしい言葉じゃ、護り神冥利に尽きるわい……」

手で顔を覆い、さめざめと涙を流すトン子。

まどかは彼女に近づくと、膝をついて抱きしめた。

「本当に、本当にやってくれるんか？」

「はい」

「指切りゲンマンで約束してくりゃーすか？？」

「もちろんです。ゆーびきーりげーんまーん……」

自分の小指とトン子の小さな小指とを絡め、手を上下に振る。そして、指切った、と言いながらそっと離した。

涙を拭きながら微笑むトン子を、まどかが愛おしく見つめる。

　すると、後ろから不意に低い声がかかった。

「で、茶番は終わりか？」

「え？　ちゃ、ちゃ？」

　はっと振り向くと、コウがむんずと腕を組み、じーっとこちらを見ている。

　その目つきは鋭く、視線にはなんとも言えない冷たさが込められていた。

　とはいえ、その視線はまどかに向けられていたものではない。

　視線をたどるようにゆっくりと向き直ると、トン子が笑顔で首をかしげていた。

「はて？　ワシは嘘はついとらせんでよー」

「よく言うわ、あんな大げさに言いやがって」

　会話の意図がつかめず、まどかは何度も首を振りながら目をぱちくりさせる。

　すると、コウが哀れみにも似た表情を見せながら、まどかに説明を始めた。

「簡単に言えば、まんまとこいつのペースに嵌《は》められたってことだ」

「へ？」

「たしかにトン子の言ってることは間違ってはない。このままこの地の人たちから忘れられたら天に戻されるってのも本当らしい。だが、それは何も今日明日の話ってわけじゃない。だいたい、この辺りが静かになってから何年たってると思う？」

「うーん、そう言われてみれば……」

思い返してみれば、昨日の買い物の際、この辺りが寂れてから相当の年月がたっているとトン子自身が言っていた。それまでの月日の経過を考えると、いささか説得力に欠けているようにも思えてくる。

するとトン子が、ポリポリと頬をかきながら言葉を返した。

「まぁ少々大げさに言うたものの、実際問題として早晩お役御免と言われてもしゃー《仕方》がにゃー《ない》状況であるんは本当じゃ。神というのは存外気まぐれでのぉ、分体たるワシをしても、本体がどう思っとるのかまではわからんのじゃよ」

「なるほど、そういうもんなんですね……」

神様の世界も意外と世知辛いんだな、とまどかは思う。

「まぁ、いずれにせよ既に契りは交わしゃーた。まどかよ、無理はせんでええから、ぼちぼちと励んでちょーせー」

「え？　これ、やっぱり私がやる流れなんです？」

ここで初めてまどかが気づく。すっかりトン子の手の上で踊らされていたことに。

そこに、コウがさらに追い打ちをかけた。

「神との約束を破れば、神罰が下ることもあるんだそうだ」

「えーっ！　じゃあもう、やるしかないじゃないですか！」

これはまずい。まどかのこめかみに冷や汗が流れていた。

第二章

chapter Two

門出

「うーん……」

コウやトン子とともに古民家で暮らし始めてしばらく経ったある日の夜、まどかは土間の長椅子に座り、両手を挙げて背を伸ばした。

半ば成り行きに流される形で決まった出店。まだ本当にこれでよかったのかと戸惑う部分はある。それでも、お店を始めると決めたからにはちゃんと頑張らないと、と自分に言い聞かせ、まどかは一つずつ準備を進めていった。

この場所で開くのは飲食店。というより、現実的にそれ以外のものは思いつかなかったといった方が正しい。ファッションなどのセンスも無ければ特別な資格やスキルも無い。金銭面を考えても、高価な設備を入れたり多額の仕入れをしたりすることもできないことは明らかだった。

とはいえ、飲食店をやることはまどかにとって楽しみな面も多い。昔から料理は好きだし、ここでコウやトン子に料理を作るようになってから自分の作った料理に美味しいと言ってもらえる喜びをいっそう強く感じられるようになっていた。もっとも、コウはまともに褒めてくれたことなど無いのだが。

それにもう一つ、この仕事なら「食べることを大切にする」という祖母の教えに叶うという面も大きい。いつか祖母にこのことを伝えられる日が来るならば、きっと喜んでくれるだろうとまどかは感じていた。

もう一度うーんと背を伸ばすと、まどかは再びテーブルに向かい、広げた資料とにらめっこを始める。

すると、足下からみゅう、と鳴き声が聞こえてきた。

「あ、トン子様。お帰りなさいませ」

鳴き声の主は黒猫姿のトン子。

まどかに向かってコクリと頷くと、ぴょんと跳ねて少女の姿へと変身する。

「うむ。今日はまあまあええころ加減の夜のようじゃ。どっこも静かなもんじゃ。ところでそっちはどうじゃ？　塩梅ようマワシしとらっせるか？」

「ま、まわし？　トン子様に頼まれてもさすがにまわしはちょっと……」

突然突拍子も無いことを言い出したトン子に、まどかが目を丸くする。

一瞬きょとんとしたトン子が、ケタケタと笑い始める

「そっちのまわしじゃにゃあ。準備《マワシ》は順調かと聞いておるんじゃ」

「あ、そういうことですか。ええ、それならなんとか。ぼんやりですが、先が見えてきました」

「それはえーこった。コウも多少は役に立っとるか？」

「それはもう！　むしろコウさんがいなかったら途方に暮れていたかと……」

出店の準備を始めるにあたってまどかが最初に取り組んだのが、コウの協力を取り付けることであった。

もちろん、この古民家で店を開くからには、家主であるコウの許可が必要なことは言うまでもない。しかし、それよりもバーテンダーとして飲食業の経験を持つコウの力を借りたいというのが大きかった。

まどかは恐る恐る切り出してみるが、コウは眉間に皺をよせ、渋る様子を隠さない。しかし、それもほんの一時のこと、決して諸手を挙げて喜んでという雰囲気ではないものの、まどかが思っていたよりはすんなりと話を聞き入れてくれた。どうやら、コウに対するトン子の「ご宣託」が思いのほか効いていたらしい。

ともかく、多くの知識と経験を持つ協力者を得たことで、出店準備は比較的スムーズに進んでいた。

二人で話し合った結果、店のスタイルは「お酒も食事も楽しめる、アットホームなカジュアルバル」とすることとなった。この形なら、料理が得意なまどかと酒に関して知識を持つコウの力のどちらも生かしやすいというのがその理由。また、建物の造りを上手く生かすことで、大きな改装なしに最小限の設備投資で済ませられそうだということも大きかった。

コウが食品衛生責任者や防火管理者など営業上必要となる資格を持っていたおかげで、手続き的な部分もスムーズに進んでいる。設備工事についても、コウの知り合いという工事業者を紹介してもらったおかげで、予算を抑えることができた。

一方、まどかは料理メニューの作成にとりかかっている。お店作りの根幹とも言える重要な準備だ。

とはいえ、まどかにとっては初めてのこと。あれこれと案は練ってみるものの、正直なところ何をどう考えていけば良いのか、とっかかりすらつかめていなかった。

「コウさんにメニューどうすればいいか相談してみたんですけど、『それくらいは自分で考えなければ意味が無い』って突き放されちゃいまして……」

「まぁ、コウの言わんとしとることも分かりゃーすなあ。どんなお店にするんかはまどか次第。そこを頼ってまったら、まどかの店とは言えーせんってことじゃな」

「ええ、それは分かるんです。分かってるんですけど、あまりにも自分に知識が無さ過ぎて……」

飲食店で働いたことも無い自分がいきなり店を持つなんてやっぱり無謀だったのかも……。考えれば考えるほど、まどかの心にモヤモヤとしたものが湧き出てしまっていた。

浮かない表情を見せるまどかに、トン子が首をかしげながら声をかける。

「知識がにゃーなら、勉強すれば良いんじゃないかい？」

「ええ、自分なりに調べてはいるんですけど……」

まどかはそう言うと、スマホに指を滑らせる。表示された画面には、先ほど検索していたばかりの「飲食店　メニュー　作り方」に関する検索結果が表示されていた。

「ほほう。今時だとこんなこまい箱で調べ物ができるんか。スゴイ時代になったもんじゃのお」

「でも、正直どれも表面的なことしか書いてないんですよね。何も無いよりは多少いいかなってぐらいのことしか」

「ふーむ。ワシにはそういうもんはよー分からんが、塩梅ようぃかんなら別の道を探した方がええんでにゃーか？　すぐそこに県図書もあらっせるし」

「県図書？」

聞きなじみの無い言葉に、首をひねるまどか。

その反応に、トン子もおやっ、と戸惑いを見せる。

「愛知県図書館、略して県図書じゃよ。すぐそこの外堀《そとぼり》んところにあるんじゃが……」

「外堀って、すぐそこの外堀通《どおり》のことですよね？　そんなところに図書館が」

「なんじゃ、知らんかったのか。まーまーでっかい図書館だもんで、何かしらヒントになる本があるかもしれんぞい」

「そうなんですね、それは助かりそうです！　本も読まなきゃとは思ってたんですが、お金もあんまりかけられないしと悩んでたところだったんです」

「じゃあ、明日にでも行ってみよみゃーか。たまにはワシも図書館いってみよーかしゃんかの」

「はいっ。トン子様、ありがとうございます。明日、一緒にお願いします！」

にこっと笑顔を見せながら、まどかがぺこりと頭を下げる。

トン子もまた笑顔を見せた。

「ええでええで。それより今日は早く寝てまや。最近遅うまで起きとるようじゃが、目の下にどえりゃあクマがおるでよぉ」

「えっ？　本当ですすっ？」

スマホケースについた鏡で、まどかが慌てて目元を確認する。

すると、トン子の言うとおり、目の下に大きなクマができてしまっていた。

「これからやらなかんことはたんまりあるで、あんま根詰めすぎんと、寝れるときには寝やーせな」

「そうですね……とりあえず、今日はもう寝ちゃいます」

まどかはそう言うと、テーブルに広げていた資料をさっと揃えた。

◇◇◇

翌日、まどかは朝一番から愛知県図書館へとやってきた。

広い館内と大量の蔵書に圧倒されつつも、プロ向けの料理本や飲食店経営の専門雑誌などを探し、片っ端から読んでいく。そして参考になりそうなものが見つかれば、メモをとって、次々とファイルに綴じていった。

そうしてしばらく集中して資料を読んでいると、不意に声がかけられる。

「どうじゃ？　良い資料は見つかったかの？」

「わひっ！」

急な声かけにびっくりしたまどかだったが、大声で叫んでしまいそうになるのはなんとか押しとどめる。

そしてふーっと一息つくと、声の主に顔を近づけ、ひそひそと話しかけた。

「もートン子様、びっくりするじゃないですかー」

その言葉に、小袖に袴《はかま》を纏った少女姿のトン子がペコリと頭を下げる。

「すまんすまん。さっきからぼちぼち様子を見とったんじゃが、一向に気づく気配があらせんかったんでのぉ。ちーとばかし声をかけさせてもろうたんじゃ」

「あ、それは私の方が失礼しました。ちょっと本読むのに没頭してまして……。で、トン子様はどうしてここへ？」

「なぁに、昼になってても帰ってこんかったでな、どうしとるんじゃろうと心配になって覗きに来たんじゃ。その様子じゃ、昼もまだ食っておらんのではにゃーか？」

「え？　あ、ほんとだ。もうこんな時間……」

鞄からスマホを取り出すと、待機画面の時計には十三時四〇分と表示が出ていた。するとそのとたんにまどかのお腹の虫がぐぅぅぅと騒ぎ出す。

みるみるうちにまどかの顔が赤く染まっていった。

「ほれ、案の定じゃわ。その分だとろくに休憩もとっとらせんじゃろ。いったん手を止めて、昼飯にでもしよみゃーか」

「そうですね。あ、でもここって食堂か何かありましたっけ？」

「うむ、上の階にちゃんと入っとる。ついて参れ」

「あ、そしたら一度本を片付けてきますね」

まどかは机の上に置いてあった本を返却棚へと戻すと、トン子に連れられて食堂へと向かう。

「えっ、これって……」

最上階に到着すると、まどかは思わず目をパチクリとさせてしまう。

しかし、トン子はごく当たり前のように答えた。

「そうじゃ、スガキヤじゃよ」

スガキヤとは、名古屋や東海エリアで一大勢力を誇るラーメンと甘味を扱う飲食店チェーン。リーズナブルな値段と気楽な使い心地が相まって、名古屋ではファーストフードのような感覚で利用されることが多いお店だ。

スーパーのフードコートで見かけることが多く、まどかも名古屋に来てからは何かにつけて利用していた。とはいえ、公立図書館の食堂としてこのような店が入っているのは、まどかには驚きだった。

「何を驚いとる。スガキヤは名古屋のソウルフードだで、入っとってもなーんもおかしくにゃあ。それが証拠に、ここだけじゃのうて　鶴舞《つるみゃー》の方の図書館にも入っとるし、何なら大学の学食にだってなっとらっせるぐらいじゃわ」

「大学の⁉　名古屋恐るべし……」

「それよか、早《はよ》う中に入ろみゃー。この時間ならそうそう混んどることもにゃあじゃろ」

「あ、そ、そうですね。そうしましょう」

トン子の後に続いて店の中へ入ると、昼過ぎの時間にもかかわらず店内はなかなかの賑わいであった。

席が二人分空いているのを確認してからまどかがレジへと向かう。先に注文して支払いを済ませてしまうのも、ファーストフードっぽさをよりいっそう強めていた。

まどかは一番安いノーマルな「ラーメン」を注文。そして、昼は済ませたというトン子には小さいサイズのソフトクリームを一緒に頼んだ。

席に座ってしばらく待っていると、呼び出しベルが震えながらピッピッピッピーピッピッピーと鳴る。

注文した商品を運んできたまどかは、胸の前で手を合わせ小さく「いただきます」と言ってから箸を伸ばした。

柔らかめの麺に魚介の風味が効いたあっさり味のとんこつスープ。名古屋に来てから初めて食べたにもかかわらず、どこか懐かしさのある味わいに感じられる。

そして、何より安いのがありがたい。カフェのコーヒー一杯よりも安い値段でラーメンが食べられると知ったときにはそれはもう驚きしか無かった。お金の無い学生だった頃は何度もこのラーメンに助けられたし、懐が厳しい今もまた助けられている。これからこの図書館に来るたびにお昼はここになりそうだ。

徳島で生まれ育った自分にもすっかり馴染んだ名古屋の味。まどかは、上を向いてほーっと息をつく。

するとそのとき、トン子がじーっと見つめていることに気づいた。

「あ、トン子様も少し召し上がります？」

「おっと、催促してまったみてゃあじゃなぁ。じゃあ、一口だけ」

トン子はラーメンフォーク――フォークとスプーンが一体化した、スガキヤオリジナルのカトラリーである――を手にすると、先のフォークの部分に麺をひっかけながら器用にスープを掬う。そしてふーふーっと息を吹きかけてから、口に運んだ。トン子の小さい手で持つと、ラーメンフォークが随分大きく見え、その姿がなんともかわいらしい。

「やっぱこれじゃのぉ。今も昔も変わらぬ、名古屋の味じゃ」

「トン子様もやっぱりこのラーメンお好きなんです？」

「無論じゃ。そうそう、このそふとくりーむをちーとばかしラーメンに浮かべて食べるんもまぁまぁ乙なんじゃぞ？」

「ラ、ラーメンにソフトクリーム……で……す？」

「左様。つゆにコクが出て、いっそうまろやかになるんじゃ。ほれ、試してみやーせ」

トン子がそう言いながら食べさしのソフトクリームを差し出してくる。

しかし、その組み合わせはまどかの心を動かさなかったようだ。

「う……。も、もうほとんど食べちゃいましたので、ま、またの機会で」

「そうか。ほんならまた次じゃな」

トン子はそう言うと、ソフトクリームを再び手元に戻し、パクリと頬張る。

まどかは鞄からハンカチを取り出すと、白くなったトン子の口の周りをそっと拭いた。

食事を終えたまどかは、再び資料探しへと戻る。ただ、午後になって来館者が増えたようで、席が埋まってしまっていた。

トン子も来たので続きは自宅で読もう。そう考えたまどかはいくつかの本をカウンターへと運び、貸し出し手続きを行う。外に出ると、明るい日差しに思わず目を細めた。

「ご苦労さんじゃった。さて、帰《きゃー》る前に寄りてゃあところがあるじゃが、一緒に来てもらってもええか？」

「ええ、もちろんです。どこに行くんです？」

「ふふふ、それは着いてからの楽しみじゃ。ほんの向こうじゃから、早速行こみゃーかの」

「はいっ」

まどかは重たくなったリュックサックを背負い直すと、トン子の手をとる。

その小さな手はとても柔らかかった。

◇◇◇

県図書を後にしたまどかは、トン子に連れられるがまま、高速道路の橋脚が並ぶ大きな通りに沿って西へと向かう。

右手に続く公園を見ながら、トン子が感慨深げにつぶやいた。

「ここには昔、瀬戸電の終着駅があったんじゃ。あっちのお堀の中を伝って電車が走っておってなぁ」

「え？　お堀の中に電車が走ってたんです？」

「そうじゃ。まぁ狭い堀の中を通っていくもんで、いろいろ苦労もあったようじゃがの。で、あん頃は商店街の反対側にも市電の停留所があっての。乗り継ぐ客たちがぎょうさん通っとって、円頓寺の商店街もそれはもう大層な賑わいじゃった。まぁ、今は昔の話になってまったがの」

「そうなんですね」

トン子の話に耳を傾けていたまどかが辺りをぐるりと見渡す。ひっきりなしに車が通る中にも、なんとなく往時の面影が残っているように感じられた。

堀川にかかる橋を渡りさらにまっすぐ進んでいくと、トン子が一軒の店の前で立ち止まる。

「ここが目的地じゃ。さ、中へと参るぞ」

「え？　ここって？」

店頭の看板には大きく「袋詰菓子」の文字。そしてその上に小さく「旅行」「子供会」「団体」「嫁入《よめいり》」と入っている。

どうやらお菓子屋さんのようだが、いったい上の文字と何の関連があるのだろうか。

まどかは首をひねりながらトン子に続いて店へと入った。

「わぁ、すっごい………」

天井まで届く高い棚には、バラエティ豊かな菓子が袋や箱に入ったまま積み上げられている。別の棚に目を向けると、縁日の屋台で売っていそうなプラスチック製の玩具の数々が満載。レジ前の一角に目を移せばこれまた懐かしい手持ち花火がバラ売りされている。

上下左右どこを見ても、子供の頃に見たような夢の世界が広がっていた。

「この明道町《めいどうちょう》界隈は昔から菓子問屋が集まっとってな。駄菓子やら玩具やらが安く買えるんじゃよ」

「あ、ここは問屋さんなんですね。でも、問屋さんだと業者さんしか売ってもらえないんじゃないです？」

「うちは大丈夫ですよ。バラ売りもしていますし、こういったパックのものもご用意しております」

気さくに話しかけてきた店員が手にした袋の中には、様々な駄菓子がたくさん詰まっていた。

まどかは店頭の看板に書かれていた言葉を思い出す。

「あ、それで『袋詰菓子』って」

「ええ。子供会や保育園の行事で配る用によくお使い頂いています。昔は会社の団体旅行なんかでも買って頂いてました。それに、あとはやっぱり嫁入り菓子ですね」

「そうそう、さっき看板で見て気になってたんです！　なんでお菓子屋さんで『嫁入』なんです？」

「ほうか、まどかは知らぬか。名古屋では昔から『嫁入りの菓子まき』と言うて、婚礼の当日、花嫁が家を出るときに屋根から菓子をまくという風習があったんじゃ」

年端もいかない少女が滔々と語る姿に驚きを見せつつも、店員が微笑みながら首肯する。

「昔は結構盛大に行われていて、時には十万、二十万と撒くこともあったそうですよ。もちろん最近はそこまでのものはなかなかございませんが、今でも結婚式の披露宴とかでやりたいって若いカップルさんが時々買いにいらして頂いてます」

「へーっ。あ、でも私の地元にもお菓子を配る習慣はありました。花嫁菓子っていって、甘くてさくっとしてて、口の中で溶けるおせんべいみたいなやつをご近所さんへのご挨拶で配るんです。あーあ、私もやりたかったなぁ……」

ここ数日心の奥に押し込めておいた記憶が蘇り、まどかの胸にズキンと痛みが走る。震えはじめた手をぎゅっと握ろうとすると、トン子がそっと小さな手を重ねてきた。ほんのりとした温かさに包まれ、徐々に震えが収まってくる。

「まんだしんどい話じゃったのぉ」

「いえいえ、少しは気持ちも落ち着いてきたかなと思ったんですが……」

「こんなちょっとばかしで落ち着くようなもんじゃにゃあで。思い出させてまって申し訳にゃあ」

じっとまどかを見上げていたトン子がぺこりとお辞儀する。

まどかもコクリと頷くと、目尻に浮かんだ涙を拭い、ぱっと笑顔を見せた。

「あ、そうだ。この間使ったのを買っておかなきゃ」

「ん、なんか探しもんかの？」

「ええ、ちょっと……あ、ありました！」

まどかが手に取ったのはカップ型の容器に入ったスティックタイプのポテトスナック。スーパーやコンビニなどでもよく見かける大手メーカーから発売されているロングセラー商品だ。

「この間食品庫に入ってたのを使わせてもらって、そのままだったんですよね。あー、思い出してよかったー」

「はて、食べたのでは無く使ったとな？」

まどかの言葉の意図がつかめなかったようで、トン子が首をかしげながら目をパチクリとさせている。

するとまどかが、カップを持ちながらにこっと笑みを浮かべた。

「このお菓子、実は料理に使うととっても便利なんですよね。ほら、初めてトン子様やコウさんにご飯を作ったとき、ポテトサラダがついてたの覚えてませんか？」

「おー、覚えとるぞ。あんの芋を潰しゃーたやつじゃろ？」

「それです。あれ、実はコレで作ったんですよね」

「な、なんと！　菓子からあんなうみゃーもんができるんか？」

あまりの驚きに、トン子の声が思わず大きくなる。

はっと気づいて辺りを見回すと、先ほど話しかけてくれた店員が「大丈夫ですよ」と優しく頷いてくれていた。

「実はこのお菓子にお湯を入れて混ぜると、簡単にマッシュポテトができちゃうんです。あとは冷ましてマヨネーズや刻んだお野菜を入れればポテトサラダのできあがり。

他にもコロッケやグラタンなんかも簡単にできちゃうんですよ」

「はーっ、そりゃーどえりゃけにゃあこった。まどかは料理の天才じゃな」

声のボリュームを絞りながらも、トン子は目を輝かせて何度も大きく頷く。

しかし、その言葉はまどかにはこそばゆく感じられるものであった。

「そんなそんな、単なる手抜きなだけですよ。でも、ちょっとだけ付け合わせが欲しいなって時には意外と便利かもしれませんね」

「いやいや、確かに手間はかけとらんかもしらんが、決してだだくさじゃにゃあ。よー勘考しとらっせるこったわ」

「だだくさ？　かんこー？」

聞き慣れない言葉に今度はまどかが問い直す。

「むむ、まどかには通じにゃーのか。えーっと……」

「だだくさは雑とかいい加減とか、勘考するは工夫する、みたいな意味ですかね」

悩むトン子を見て、二人の様子を見守っていた店員から助け船が出る。

すると、我が意を得たりと、トン子がポンと手を打った。

「えっと、そうすると手間はかけてないけど、決していい加減じゃない。よく工夫している……って、そんな！　本当にただの手抜きですから！」

思った以上の褒め言葉だったことに気づき、慌てて首を振るまどか。

火照《ほて》った額からは汗がにじんでいる。

「でも、本当にすごいと思いますよ。私にもレシピ教えてもらいたいぐらいですわ」

「そんなそんな……。ありがとうございます」

何とかお礼の言葉を口にしたまどかだったが、すっかり恐縮したのか、その笑みはどうにもくすぐったそうであった。

◇　◇　◇

そして夕方。まどかとコウ、トン子はそろって土間に置かれたローテーブルを囲んでいた。

トン子は大きな口で茶色に染まったご飯を頬張ると、満面の笑みを浮かべる。

「ああ、今日もうみゃーのぉ」

「ありがとうございます。うん、今日も上手にできました」

まどかもお皿にスプーンを伸ばしながらうんうんと頷く。

今日のメインは手羽先カレー。特売になっていた手羽先の先っぽの部分でスープを取り、骨に沿って半分に割った身の部分を玉葱や人参とともに具材としてじっくりと煮込んである。昔から作っていた得意料理の一つということもあり、評判が良さそうならメニューの一つとして取り入れようとまどかは考えていた。

そうなると、やはりコウの反応が気になる。まどかはカレーを食べながらチラチラとコウの顔色をうかがう。

しかしコウは、いつものような硬い表情のままカレーを口に運んでいた。

ここ数日でコウの人となりは分かってきたものの、やはりこういった様子を目の当たりにすると、いささか寂しさを感じてしまう。まどかはふぅと息をつくと、視線を落として再びカレーと向き合った。

するとその時、コウが不意に口を開く。

「隠し味には白だしか？」

その言葉に、まどかがはっと顔を上げた。

「すごい……大正解です！」

ここ数日食事をともにして、コウの味覚がかなり鋭いのではとまどかは感じていた。隠し味なども的確に当てるし、微妙な味のバランスについても鋭く指摘が入る。バーテンダーとして活躍していたという彼なら、その味覚の鋭さも納得がいくものだ。

もっと感想を聞いてみたいと、まどかがドキドキしながら次の言葉を待つ。

しかしコウは、黙々とカレーを食べ進めるばかり。カチャリカチャリとスプーンが皿に当たる音だけが響いた。

緊張感のある静寂が食卓を包む。次にそれを破ったのはトン子だった。

「ふー、おなかぽんぽんじゃ。のう、まどか、これは店では出せにゃあんかの？」

「そう、ですね。候補には入れてます。味は悪くは無いと思うんですが……」

そう言いながらまどかはコウをのぞき込む。

すると、コウは変わらずカレーに視線を向けたまま口を開いた。

「手羽先なら原価も安いだろうし、作り置きしておけば提供も早い。仕込みに極端な手間がかからないなら問題なかろう」

「そ、そうですか。ありがとうございます」

飲食店での料理として大事な視点に基づいたコウの意見。今のまどかにとっては本当にありがたいモノだ。

とはいえ、味そのものについては一言も感想が無い。

コウの言葉に頷きつつも、まどかの表情はわずかに曇っていた。

食後の後片付けを済ませたまどかが土間へと戻ってくると、コウが食卓で晩酌を始めていた。トン子の姿が見えないところを見ると、おおよそ日課の見回りにでも出かけたのであろう。

コウはウィスキーの瓶を手にすると、透き通るほど磨かれた小さなグラスにトクトクと琥珀色の液体を注いでいく。

一見無造作にも見えるその所作の美しさに、まどかはすっかり目を奪われていた。

コウはグラスをくるんと回すと、すっと口元で傾ける。そして細く長く息を吹くと、視線をグラスに向けたまま口を開いた。

「で、そろそろ方向性ぐらいは決まったのか？」

「あ、えっと、そう、ですね」

不意に話を振られ、まどかは言葉をつっかえさせる。

コウと話すときにはなぜか緊張を感じてしまう。トン子がいるときはまだ大丈夫なのだが、今のように二人きりになるとどうにも言葉が出てこず、ぎこちない話し方となってしまうことが多々あった。

まどかはふぅと息をつくと、ゆっくりと口を開く。

「料理だけじゃなくて、駄菓子も置いてみようかなって……」

その言葉に、コウの眉がピクリと上がった。

その反応を予期していたのか、まどかはすかさず敷台の片隅に置いておいたノートを手に取ると、コウの前に広げる。

「今日、トン子様に駄菓子問屋さんに連れてってもらったんです。そうしたら、昔懐かしいお菓子がたくさんで、ワクワクしっぱなしでした。で、思ったんですけど、こんなワクワクを伝えられるようなお店があったらいいなぁって」

「で、駄菓子を置くと。安直だな」

一刀両断なコウの言葉。しかし、まどかも負けていない。

「で、でも、駄菓子ならすぐそこの駄菓子問屋さんから仕入れられますし、原価も抑えられます。それに、私一人でお店をやるとなると正直手が回りません。なので、料理の品数は抑える代わりに駄菓子で楽しさを演出できないかなって……」

どれだけ勢いづけて言っても所詮は素人考え、それはまどかにも十分分かっている。

腕組みをしたままじっと見つめてくるコウの視線に、言葉がどんどん尻すぼみになってしまった。

やっぱり安直すぎるのかな……、まどかは不安げにコウの顔色をうかがう。

するとコウが、天井を見上げながらポツリとつぶやいた。

「大人の駄菓子屋、か……」

「えっ？」

小さな声が聞き取りきれず、聞き直すまどか。

するとコウは、ノートにさらさらっと『大人の駄菓子屋』と書き込み、そして大きく丸で囲んだ。

「こういうことだろ？」

「は、はいっ」

コウの手元を見ながらまどかがコクコクと首を縦に振る。

コウはちらっとまどかを見ると、再び口を開いた。

「方向性自体は悪くない。安上がりな駄菓子と酒を一緒に売れば利益も十分取れるだろう。さっきのカレーも出すなら、腹も膨らませられる。内装もほぼこのままでいける……、いや、棚を少し増やす必要はあるか」

「え、じゃあ……」

目をパチクリとさせながら、まどかがコウをのぞき込む。

しかし、コウは怪訝そうな表情で視線を返す。

「別に形は作れる程度の話だぞ」

「でも、形にはなるんですよね？　良かったー！　駄菓子なんて子供っぽいって全否定されるかと思ったーっ」

ふーっと大きく息をつき、ほっと胸をなで下ろすまどか。

するとそのとき、カラリという音とともに扉が開いた。

「ふぅ、今日は平和な夜じゃった。ん？　なんか良いことでもありゃーしたか？」

黒猫姿で見回りから帰ってきたトン子がきょとんと首をかしげる。

そんなトン子を、まどかは無意識のうちに抱きかかえた。

「お帰りなさいませ。トン子様のおかげで前に進んでいけそうです」

「ほほう、そりゃあええこった。ならば後は進んでいくだけじゃな」

「はいっ。一歩一歩ですが、頑張ります」

トン子の頭をなでながらまどかが笑顔を見せる。

その様子を横目で見ると、コウはグラスをくいっと傾けた。

◇　◇　◇

「はぁ……」

土間に置かれたL字のカウンターテーブルの内側で、まどかが一人大きなため息をつく。

商売は簡単にいくものではないということは重々承知していたが、現実はまどかが思っていたよりも厳しいものだった。

「大人の駄菓子屋」をコンセプトとした古民家バル『るーぷ』が円頓寺商店街に隣接する風情豊かな四間道《しけみち》の一角にオープンしたのは三週間程前のこと。

オープン前に商店街のお店を順番にご挨拶に回っていたこともあり、オープン当初はお店の人たちや話を聞いた近隣の人たちが大勢来店し、まずまずの賑わいを見せていた。

お酒と駄菓子の組み合わせはなかなか面白いと、客たちは一つ、また一つと駄菓子に手を伸ばしてくれていた。手が回りきらないこともあって料理の種類は少なかったが、それでも日替わりのおつまみセットや締めの手羽先カレーなどは美味しいとうれしい言葉ももらえている。お酒の注文もしっかりあって、決して手応えは悪くなかった。

しかし、一週間も経つと日に日に客足は落ちてしまう。一昨日は一組三人、昨日は二人、そして今日は今のところゼロ人だ。

扉の向こうで降りしきる雨の音が静かな店内にザーッと響く。

客席として使い始めた小上がりでは、黒猫姿のトン子がうつらうつらと舟を漕いでいた。

まどかは隅においてある折りたたみ椅子を引っ張りだすと、ちょんと腰を乗せる。するとそのとき、階段から足音が響いてきた。

「見事だな」

二階から下りてきたコウが、誰もいない店内を見渡しながら言葉を落とす。

遠慮の無い言葉に胸を痛めるまどかだが、現実は否定できない。はぁ、と大きなため息が漏れ出る。

「正直この雨では……。今日はもう早じまいしちゃおうかなぁって」

そう言いながらまどかは柱時計に視線を送る。

時計の針は午後十時を回ったばかり。最初に決めた閉店時間までは一時間半ほど残っていた。

「まぁ、これでは無理だろうな」

コウはそう言うと、L字カウンターの一角にどかっと座る。

そして手にしていたレジ袋から缶のハイボールを取り出すと、プシュッとプルタブを起こした。

「ちょっと、飲むなら注文してくださいよ。一応お店なんですから」

遠慮の無いコウの行動に、まどかが抗議の声を上げる。

しかしコウは意に介した様子も無い。

「どうせ今日は店閉めるんだろ？」

「そ、それは……」

つい先ほど口にしたばかりの言葉で返されてしまい、言葉を詰まらせるまどか。

コウはレジ袋からスティックサラミの袋を取り出すと、ビリッと封を開けた。

「まぁ、閉めても閉めなくても結果は変わらんだろうがな」

「もーっ、確かにそうかもしれないですけど、決めつけないでください！　というか、それ食べるならこっちを買ってくれれば売り上げゼロは回避できるんですけど！」

まどかはカウンターに置いてあったパンダのキャラクターが描かれたかわいい箱をドンと突き出す。駄菓子として販売されているカットタイプのスティックサラミだ。

「俺は店のものには手をつけないし、店のものは買わない。ま、奢ってくれるなら喜んでもらうけど？」

「あーげーまーせーん！　大事な商品なんですから！」

涼しげな顔でズバズバと突っ込んでくるコウに、まどかが思いっきり頬を膨らませる。

するとが、小上がりでうたた寝をしていた黒猫トン子がふあとあくびをしながら目を覚ました。

「ん……、寝てまっとったか」

「あ、トン子様、起こしちゃいましたか？」

「なぁに、構わんよ。ずいぶんと賑やかにしとらっせたみたいじゃが、なんぞあったか？」

「そうそう、聞いてください！　コウさんが酷いんですよー！」

堰《せき》を切ったように、まどかがかくかくしかじかと事情を説明する。

コウは気にも留めず、スティックサラミをひとかじりすると、ぐいっとハイボールで流し込んでいた。

まくし立てるまどかの話に、トン子がふんふんと頷きながら耳を傾ける。

「なるほどのぉ。そりゃあまどかのごうがわいてまうのも道理じゃて」

「ごうがわく？」

「腹が立つってこと」

素っ気なく口を挟んできたコウを、まどかがギッと睨みつける。

しかし、どこ吹く風とばかりに、コウは缶を傾けた。

「まぁまぁ。コウもあんまりちょうすい《ふざけ》とったらかん。わざわざ降りてきとらっせるんは、おみゃーさんにも思うところがあるんじゃろて？」

「えっ？」

思わぬ言葉に、まどかが目をパチクリとさせる。

一方のコウは眉間にしわを寄せ、口はへの字に。見るからに不服そうだ。

「これだけ露骨にやっとって分からんようならダメじゃね？」

「コウ！」

トン子は珍しく声を荒げると、尻尾でパシーンと畳を叩く。

するとコウは、ふーっと息をつき、首を一度、二度とひねってから口を開いた。

「なぁ、ホントにこれ見てわからんか？」

コウはそう言うと、手元にひょいと人差し指を向ける。

「コレって言っても、缶のハイボールとスティックサラミですよね……。どっちもうちにあるものですし」

「そうだ。だが俺は、これをコンビニで買ってきた」

「だからうちで買ってくれればいいのにって……」

「なんでだ？」

コウはそう尋ねると、鋭い視線をまどかに向ける。

いつになく真剣な眼差しに、まどかは戸惑いが隠せない。

「なんでって、それはお店の売り上げになるし……」

「それはそっちの都合だろ？　俺に関係あるか？」

その言葉に、まどかははっとなる。

確かに売り上げ云々というのは、店の都合、自分の都合の話である。それに気づいたまどかの眉間にしわが寄っていく。

「関係……ありません……」

「そうだな。そうしたら、俺にそっちを勧める理由を改めて教えてくれ」

厳しい問いかけに、まどかは押し黙ってしまう。

缶のハイボールとサーバーから入れたハイボールでは多少の味の違いはあるだろう。

サラミについても一緒のことだ。しかし、どちらも特別なものを使っているわけでは無い。ハイボールはハイボールだし、サラミはサラミ。その気になればスーパーやコンビニでいくらでも揃えられるものだ。

この店の大きな問題点を見せつけられ、まどかはぎゅっと唇をかみしめる。

「やっと分かったようだな。所詮普通の酒と市販の駄菓子じゃ、別に来なくても家で十分って思うのが当然。まして目と鼻の先に駄菓子がいくらでも売ってるわけだしな。最初はご祝儀代わりにこの店に来たとしても、あとはご近所付き合いの範囲がせいぜいだ」

「そう……ですね。私が甘かった……です」

まどかが喉から絞り出すように声を出す。

指摘されればごく当たり前のこと。しかしそれにすら気づかなかった自分のどうしようも無さにガクッと力が抜けてしまう。

まどかががっくりとうなだれていると、小上がりからパシーンと音が聞こえてきた。

「そこまで気に病まんでもええ。大体、こやつがハナっから分かっとるのに言ったらんのが悪いんじゃ」

「しゃーねーだろ。こういうことは教わったってムダ。一度痛い目見んと身につくわけがない」

「だけんど、もうちょいやり方があったじゃろうて。店子《たなこ》を守るのも家主の大事な役目じゃぞ?」

「あいにく俺はスパルタだでな」

「その割にゃあ随分とわかりやすく手を差し伸べとりゃあすがのぉ」

そう言うと、トン子がにやっと口角を持ち上げる。

コウはぷいと視線をそらすと、黙ったままハイボールの缶を乱暴につかみ、ぐいっとあおった。

そのやりとりを見守っていたまどかが、コウにぺこりと頭を下げる。

「あ、ありがとうございます。私、本当に何にも考え無しで……」

「まぁ、早々に潰れられたら改装費も回収できんでな」

土間や小上がりはほとんどそのまま使っているが、カウンタースタイルにするためにキッチン周りを整えたり、客用のトイレを新設したりするなどのリフォームは行っているため、相応の改装費はかかっている。その費用は家主であるコウが負担しており、借主であるまどかが家賃と設備使用料を合わせて支払う約束になっていた。

つまり、店が続かなければ初期投資をコウがまるまるかぶってしまうことになる。それはまどかにとってなんとしても避けたいことであった。

「とりあえずこのままじゃダメってことは分かりました。この店に来る理由が必要ってことですよね。とはいっても、そんな簡単に何かできることなんて……」

光明は見えたものの、前途は険しい。そんなにすぐに改善策が浮かぶわけも無く、まどかはうーんとうなってしまう。

すると、トン子がぴょんと敷台へと飛び降りた。

「今日はまぁ店はええじゃろ」

「あ、は、はい。今片付けてきますね」

まどかは扉の外に掲げてある営業中の札をくるっとひっくり返す。

そして振り向いたときには、トン子は既に少女の姿へと変身していた。

「うーむ、ワシはこっちの姿でも別にええと思うんじゃがのぉ」

「ごめんなさい。でも、その姿でお店にいるのはさすがに……」

いくら駄菓子が置いてあるとはいえ、『るーぷ』はあくまでカフェバル、酒を扱う店である。中身が神様とはいえ、五歳程度にしか見えない少女姿のトン子を店に出すのは憚られた。営業中に店にいるのであれば黒猫の姿になる、それがまどかとトン子の約束ごとだ。

「ほんの二～三百年前はそんなことだあれも気にしとらんかったがのぉ。まぁよい。それよりも、まどか、一つ作って欲しいもんがあるんじゃが」

「あ、はいっ、何でもお申し付けください！　ただ、材料があるものでしか作れませんけど」

「それは心配いらん。作ってもらいてゃあのは『たません』じゃ」

「たません って、お祭りの屋台とかでも売ってる、あのたませんです？」

たませんとは大きなたこせんべいに目玉焼きを載せ、ソースやマヨネーズをかけてから半分に畳んだもの。名古屋ではお祭りの屋台における定番メニューの一つであり、まどかも何度か食べたことがあった。

「そう、そのたませんじゃ。材料はここに揃っとるじゃろ」

「ええ、確かに材料はありそうですが……」

大きなたこせんべいは駄菓子の一つとして仕入れており、壁に備え付けた棚に置かれている。玉子も当然買ってあるし、マヨネーズやソースも手元にある。

ただ、問題は作り方だ。屋台で見たときには、大きな鉄板で玉子とたこせんべいを並べて焼きながら作っていたように記憶している。しかし、ここにそんなに大きい鉄板は無いし、何よりたこせんべいが載るような大きなフライパンも無かった。

顎に手を当て、どうしたものかとまどかが考え込む。

するとコウが、ギイとスイングドア、通称バタ戸を押し、キッチンの中へと入ってきた。

「トースターを温めておけ」

「あ、そっか。これを代わりにすれば良いんですね」

まどかはそう言うと、オーブントースターを温め始める。そしてコウに言われるがまま玉子とソースとケチャップ、それにマヨネーズを用意すると作業台に並べた。

「フライパンは小さくて良い。玉子を焼くだけだしな」

「じゃあ、これですね」

まどかはフッ素樹脂の小さなフライパンを取り出すと、油をなじませてから慎重に玉子を割り入れる。黄身は割れることも無く、こんもりと盛り上がっていた。

やがて白身が全体に固まってくると、コウが黄身に菜箸を突き刺す。

「あーっ！　せっかく上手に玉子割れたのにーー！」

「こうしないとたこせんべいに挟めないだろ？　挟んでから潰したらそれこそ黄身でドロドロだ」

不服のこもった抗議の声にも、コウは淡々と言葉を返す。

そう言われてみれば確かに屋台でも黄身を潰していたかもしれない。

まどかは記憶の糸をたどりながらも、それならそれで説明してくれても良いのにと頬を膨らませていた。

とはいえ、作業を止めてはいられない。温まったトースターにたこせんべいを入れると、すぐさま目玉を潰した玉子をフライパン上でひっくり返して火を弱める。

続けてソースとケチャップを混ぜ合わせていると、コウが声をかけてきた。

「たこせんはもう良いな」

「え？　もうです？」

「ああ、あんまり焼くと焦げ臭くなる」

「なるほど……」

トースターからたこせんべいを取り出してみると、ぷーんと香ばしい香りが立ち上る。きっとサクサクでとても美味しいだろう。正直、このまま食べてしまいたいぐらいだ。

「ぼうっとしているんじゃない。それをここに置いてまずソースだ」

ほんの気の緩みも許さないとばかりにコウが指示を出す。まどかはペロッと舌を出すと、たこせんべいの半分ほどにソースを塗り、玉子、ソース、マヨネーズと重ねていった。

「最後はフライ返しで半分に切って、畳めば完成だ」

「こうですね。あ、これ美味しそう……」

できあがった『たません』は、まどかが思っていた以上にシンプルなもの。しかし、せんべいとソースの香りがふわりと立ち上り、なんとも言えず食欲を刺激する。

「あっと、お皿がいりますよね」

「いらん。本来は袋の方がいいんだが……」

たませんを載せる皿をまどかが探し始めると、コウがクッキングペーパーをさっと取り出した。それを正方形に切り出してから斜めに半分に折ると、先ほどのたませんを挟み、両端をくるっと折りこむ。

「時間が経つと湯気でせんべいがしける。早めに食べるのが鉄則じゃ」

「なるほどです。じゃあ、トン子様、早速お召し上がりください。熱いから気をつけてくださいね」

まどかはそう言いながらカウンター越しに差し出す。

それを満足げな表情で受け取ると、トン子は抱えるようにして頬張った。

満面の笑みを浮かべるトン子を見て、まどかがほっと胸をなで下ろす。

そしてコウへと顔を向けると、ぺこりと頭を下げた。

「作り方教えてもらってありがとうございました。コウさんも料理できるじゃないですか」

「やれないとは誰も言ってない。ただ、やらないだけだ」

「もーっ、めんどくさがりは良くないですよ？」

「知らねえよ」

コウはぷいっと背を背《そむ》けると、カウンターの席へと戻ってどかっと腰を下ろす。

一瞬まどかの口がへの字になるが、ふぅと息をつくと次の瞬間にはにこっと笑みを浮かべた。

「ビールで良いですか？」

「なんだ、奢ってくれるんか？」

「ええ、教えてもらった授業料ですよ」

ビアサーバーのレバーを引き、タンブラーにビールを注ぐ。

七割方注いだところでレバーを押すと、黄金色の上にきめ細やかな白い泡が重なった。

「どうぞ。私からのお・ご・りなので安心してください」

皮肉まじりに言葉を投げかけながら、まどかがコウの前にタンブラーを差し出す。

するとコウは、勢いよくタンブラーを傾け、ゴクゴクゴクと喉を鳴らした。

「七十点、ギリギリだな」

「もーっ、奢りの時ぐらいオマケしてください！」

この店のオープンに向けた準備を進めている間、まどかはビールの注ぎ方やサーバーの手入れの方法についてコウから特訓を受けていた。

どういう立場であれ、自分が少しでも関わる以上はこの店で不味い酒を出すことだけは許せないというのがコウの言葉。最初は何度も失敗したまどかだったが、それでも繰り返しの練習のおかげで自分でも驚くぐらい美味しいビールを注げるようになっていた。

そう、ビールといい今日のたませんといい、コウはいざとなるといろいろとサポートしてくれる。

年下なのにタメ口な上、上から目線のぶっきらぼうな物言いには少々ムッとすることもあったりはする。それでも嫌な気分にならないのは、自分勝手に振る舞っているように見えてもちゃんと私のことも見てくれていると感じるからだろう。

ずば抜けて優秀な弟を持つとこんな気分なのかな……。まどかがクスッと笑みをこぼす。

「ふー、ごちそうさんでしたっと。おや、まどか、妙に随分うれしそうじゃな」

「いえいえ。こっちのことです。それよりお味どうでした？」

気持ちを切り替え、感想を尋ねるまどか。

トン子はもちろん満面の笑みだ。

「もちろんうみゃーじゃった。これとビールで合わせたらもう……いやまて、ここはハイボールがええかもしらん。うーむ、コウ、お主ならどんな酒を選びゃーすか？」

口角を持ち上げながら、つぶらな瞳を向けるトン子。

その視線の先で、コウはチッと小さく舌打ちをする。

「チューハイにニッキ水でもぶちこんどけ」

コウはそう言い吐くと、そっぽを向いてビールをあおった。

とりつく島もないといったコウの態度に、トン子が首をすくめる。

「まぁ祭りの屋台でも売っとるもんだで、酒に合うのは道理ということじゃな」

「そうなんですねー。そうしたらこのお店でも……あ、もしかしてそれを私に教えるために？」

まどかがハッと顔を上げると、トン子は目を細めてうんうんと頷いた。

しかし、そこにコウが冷や水を浴びせる。

「そのまま置いたってダメだぞ。さっきも言ったとおり、たません は早く食べないとすぐにせんべいがしける。酒と一緒にゆっくり楽しんでもらうのは無理だ」

「あー、そうですよね……」

かすかに光明が見えたと思ったら再び暗雲に閉ざされてしまい、まどかはしゅんとうなだれる。

しかし、トン子はあまり心配していないようだ。

「なぁに、それなら勘考すりゃええってことじゃ。まどかならええ塩梅にしてくれるじゃろう。それに、駄菓子はなんもたこせんばっかじゃあらせん。うみゃーこと使えるもんがあったら何でも使ったりゃええ」

「そう……ですね。ありがとうございます。試作しながら考えてみます！」

まどかはうんと頷くと、棚に置かれた駄菓子を見ながらブツブツとつぶやき始める。

コウはフンと一つ鼻を鳴らすと、背中を向けながら新しい缶ビールのプルタブをプシュッと開いた。

◇　◇　◇

それから一週間ほどたったある日のこと、営業中の札をかけたばかりの『るーぷ』の扉がガラガラッと開いた、

「まどちゃーん、もう開いとるー？」

「あ、矢田さん、いらっしゃいませー」

矢田さんは近所に暮らす妙齢の婦人。古道具屋を営む夫の手伝いをしながら、自身もデザインやイラストを中心としたクリエイターとして活動している。

『るーぷ』で使う皿や食器の手配を矢田さんの古道具屋に手伝ってもらったことが縁となり、こうして時々お店に来てくれるようになった。まどかにとっては大変ありがたい「常連のお客さん」である。

カウンターの角の席へと座った矢田に、まどかがおしぼりとメニューを渡す。

「今日はお一人ですか？」

「そうなのよー。うちの旦那、買い付けの出張でね。今日は悠々自適、お一人様満喫よー。ほーら、クロちゃんこっちにいらっしゃーい」

看板猫を見つけた矢田が猫なで声で呼ぼうとするが、黒猫姿のトン子はひょいっと小上がりから飛び降りると、するりと外へ行ってしまった。

「やっだわー、今日も振られちゃったわ」

「すいません。気まぐれなもんですから……」

実はまどかは、トン子が彼女を苦手としているのを知っていた。猫が大好きな彼女は、いつも毛をなでまくるわ、首をいつまでもゴロゴロするわ、とにかく構い過ぎらしい。もっとも、まどかとしては数少ない常連である矢田にそんなことを伝えられるわけも無いのだが。

まどかはごまかすように早口で話題を切り替える。

「今日も最初はビールで？」

「そうね、ビールと、あと何かつまめるものもあるとうれしいな。適当に駄菓子もらってもいい？」

「ええ、もちろんです！　といいたいところなのですが、矢田さん、実は今日は新作がいくつかありまして……ちょっと試していただけるとうれしいなぁって」

「なになに？　何か作ったの？　ちょうだい、食べさせてー！」

「ありがとうございます。それでは少々お待ちください」

まどかはそう言うと、手際よく作業にとりかかった。

取り出したのはたこせんべい。ただ、たませんに使う大きなものではなく、手のひらサイズの円形のものだ。

それをフライパンでさっと炙ると、半分に割ってからソースをぺたっと塗りつける。

そして半円状になった二枚のせんべいのそれぞれに違う具を載せていった。

「まず一つ目は『おつまみたません』です！　今日は台湾風と洋風の二つを用意してみました」

「へー、ちっちゃくてかわいいやーん。これ、写真撮って良い？」

「もちろんです！　あ、食べるときはせんべいをもう半分折ってもらうと一口でつまみやすいです」

「こうだね。じゃあ、いっただっきまーす！」

矢田は〝台湾風〟と説明された挽肉が載った方を先に手に取り、そのまま口に放り込む。

そしてしばらく咀嚼《そしゃく》すると、うん、うんと頷いた。

「いいねこれ。台湾ミンチがピリッと辛くて、うん、お酒に合うやつだこれ！」

「ありがとうございます！」

欲しかった一言をもらうことができ、少し不安げだったまどかに笑みが浮かぶ。

カウンターを挟んだ向かい側では、矢田が早速もう一つにも手を伸ばしていた。

「こっちは玉子とチーズとサラミかな……？　あ、こっちもおいしー！　めっちゃピザっぽい！」

「ですよね！　この洋風、結構自信作だったんです！　あー、よかったー！」

「いや、ホントこれいいんじゃない？　見た目もかわいいし、一口で食べれるのもいいね。うん、これメニューに入れてよ！」

よほど気に入ったのか、矢田が身を乗り出すようにしてまどかに迫る。

その言葉に、まどかも満面の笑みだ。

「矢田さんにそう言ってもらえるなら、メニューに入れられそうです！」

「しかし面白いこと考えたねぇ。いや、確かにたませんって美味しいんだけど、冷めてくるとちょっと食べづらかったりするし、結構ボリュームあって持て余したりするんだよねー」

「分かります！　だからおつまみサイズにちっちゃくしてみたんです。で、せっかく小さくするならカナッペとかみたいにいろんな味があった方が楽しいかなーって」

「それ正解！　もう私みたいなオバチャンになるとね、たくさんは食べれないのよー。美味しいものをちょっとずついろいろ、これが一番になってくるのよねー」

「矢田さんまだまだお若いじゃないですか。でも、気に入ってもらえてほっとしました。そうしたら、もう一つ試してもらってもいいです?」

「なになに? 期待しちゃうんだけど!」

「じゃあ、少しだけお待ちくださいね」

まどかはカップ入りのポテトスティックを取り出すと、そこにお湯を注ぐ。少し待ってから中身を混ぜると、その中にとろけるチーズとブラックペッパーを追加。さらによく混ぜて皿に盛り付けると、その上からコーンフレークをパラパラとふりかけた。

「はい、『コロッケモドキ』です。お好みでこのケチャップで味付けしながらどうぞ」

「これって、あのお菓子よね? それに全然コロッケっぽくないけど……」

渡されたスプーンでコロッケモドキをひとすくいすると、矢田が恐る恐る口へと運ぶ。香ばしいコーンフレークがパリパリッと砕ける音が聞こえてきた。

「どうです?」

目をつむって真剣に味わっている矢田の表情をのぞき込むまどか。

すると、矢田はプッ、クスクス、クスクスクスとこらえきれないように笑い声を上げ始めた。

「これ反則だわー! 揚げてないのに、ただ混ぜただけなのに、めっちゃコロッケじゃーん！」

「よかったー！　ちゃんとコロッケっぽく感じます？」

「もちろん！　これ、コーンフレークが大勝利だね。このパリパリ感がすっごく衣っぽくて、癖になるわー。でも、これお菓子なんだよね？」

「はい、さっきご覧頂いていたとおり、使ったのはポテトスティックのお菓子とプレーンのコーンフレークだけ。どっちもそちらにあるものですよ」

まどかが指したのは白い壁に作り付けられたダークブラウンの棚。様々な駄菓子が並ぶ中に、確かにポテトスティックのカップも小さなコーンフレークの箱も置かれていた。

それを見た矢田がポンと膝をうつ。

「だよねー。いや、これは参った！　オバチャン、びっくりだわ！　これ、めっちゃ楽しいし、美味しい！」

「ありがとうございます。じゃあ最後にもう一つ……」

まどかがそっと差し出したのはピンポン球より少し大きめの丸いおにぎり。ご飯に赤い何かが混ぜられている。

その正体は、矢田にもピンときたようだ。ひょいっとつまむと一口でぱくっと頬張る。

「んーっすっぱい！　これは、カリカリ梅だね」

「大正解です！　小梅を刻んでご飯と混ぜて、コロコロおむすびにしてみました」

「なるほど、確かにこれも駄菓子を使ってる。いやー、お見事！　参った！」

矢田が芝居がかったようにおでこを叩くと、まどかがぺこりと頭を下げた。

すると、矢田がほっとしたように息をつく。

「いやー、心配してたんだよね。正直言うと、前みたくお菓子とお酒だけだと商売きついんじゃないかなって思ってたんだよね」

矢田の言葉は、まさにコウが指摘したものと一緒だった。まどかは神妙な面持ちでうんと頷く。

「でも、こういったもんが出せるんなら安心。単に駄菓子を出すだけじゃ無くて、ちゃんと料理してる。最初のおつまみたませんなんてホント大したもん。あれ、家で作ろうと思ったら結構めんどくさいよ？」

「そうです？　具材とせんべいを用意すればできると思うんですが……」

「その具材の準備が意外とめんどっちいのよ。特にいろんな種類作ろうと思ったら手間もお金もかかるしね。こういうお店で作ってくれるならそれが一番ってことよ。あ、ビールおかわり！」

「ありがとうございます。少しお待ちくださいね」

まどかはそう答えると、二杯目のビールを注いでいく。

するとそのとき、カラカラカラと扉が開く音が聞こえてきた。どうやら新規の客が入ってきたようだ。

「いらっしゃいませー。こちらのお席へどうぞ。今日は新作のおつまみメニュー三つがおすすめですよー」

真新しい白壁に反射されるかのように、まどかの明るい声が店内に響き渡った。

第三章

chapter Three

明暗

「おねーちゃん、今日もありがとーっ！」

「はーい、気をつけて帰るんだよー」

路地をパタパタと走って行く子供たちを見送ると、まどかがうーんと両手を天に伸ばす。そして首をぐるっと回すと、暖簾《のれん》をひょいっと扉にかけた。

『るーぷ』の開店から二ヶ月あまり。最初は閑古鳥ばかりが鳴いていたお店も、ここ最近は少しずつ賑やかさに包まれるようになってきた。

そのきっかけとなったのは「駄菓子」を使った料理メニューを増やしたこと。まどかが作る駄菓子料理が面白いと商店街の人たちの間で噂となり、足を運んでくれるようになったのだ。

そして、仲良くなった常連客からまどかは一つの相談を受ける。それは『るーぷ』を学校帰りの子供たちのために開けてもらえないかというものであった。

もともとこの界隈には公園が少なく、子供たちが集まれる場所の確保に困っていたとのこと。昼からは仕込みで店に出ているまどかは、そういう話であればと話を引き受け、学校が終わる時間ぐらいから子供向けの駄菓子屋兼たまり場として店を開くようになった。

腰に届きそうなほど伸びてしまった髪をまとめなおしながら店内に戻るまどか。すると、コウがグラスを磨きながらギロッと睨んできた。

「ったく、おちおち昼寝もできやしねえ」

「昼に寝て夜に起きている方が不健全ですよ。さて、今日も開店の準備準備っと」

コウの文句を軽く流しつつ、まどかはカウンターをクロスで拭いていく。

すると入り口から、黒猫姿のトン子が入ってきた。

「ふぅ。今日もこの街は平和じゃな」

「あ、トン子様、お帰りなさいませ。お店が始まる前に何かお召し上がりになりますか？」

帰ってきたトン子に声をかけるまどか。

一方のコウは、一瞥《いちべつ》しただけでいつも通りの仏頂面だ。

すると、トン子が敷台にぴょんと飛び乗り首を伸ばす。

「コウ、その格好よう似おうとるでにゃーか。のう、まどかもそう思わんか？」

その言葉に、まどかが視線を上げてコウを見る。

黒いYシャツの上に纏っているのは、胸元にバッジがついた黒色のベスト。髭もきれいに剃り、ボサボサだった髪もしっかりとオールバックに固められている。

立ち振る舞いも凛としており、ダラダラとしていた先日までとは大違いだ。トン子から質問を向けられたせいか、コウのことがどうしても気になってしまう。いつしかまどかの手は止まり、ぼうっと見惚れてしまっていた。

一方のコウは、トン子の言葉も特段意に介することは無いようだ。淡々とグラスを手に取り、キュッキュと順に拭いていく。

「客前に立つんだから、身だしなみぐらい当たり前だ。それより手が止まってるが、時間いいのか？」

「あっ！　こ、これは、その……」

コウの冷静な指摘に、まどかの顔がみるみるうちに真っ赤に染まっていく。うっかり見惚れてしまったことが今になって気恥ずかしくなってしまった。

ドギマギとする心を必死になだめながら、まどかは再び手を動かす。テーブルを拭き上げていくその手の動きは、先ほどまでよりも速くなっていた。

柱時計がボーンボーン……と時を告げると、早速一人目の客が顔を出す。

白髪交じりの髪をピシッと整えた馴染みの紳士だ。まどかがぺこりと頭を下げる。

「中島さん、いらっしゃいませ、お一人ですか？」

「ああ。カウンターいいかい？」

「どうぞどうぞ。今おしぼりを出しますね」

いつものように入り口に一番近いL字カウンターの端に座った中島に、まどかがおしぼりを差し出す。

まだ湯気が立ち上るそれを受け取ると、中島は太縁の眼鏡をカウンターに置き、ゴシゴシと顔を拭いた。

「はー、さっぱりするわい。さて、とりあえずビールをもらえるかの？」

「はい、承りました。ビール一つお願いしまーす」

まどかが後ろを振り向くと、コウが早々にグラスを手にしている。

ビアサーバーのコックを引くと、黄金色の液体がグラスに満ちていった。

「お待たせしました。ご注文のビールです」

「おー、ありがとう」

中島はグラスを受け取ると、すぐさま口元で傾ける。そしてゴクッ、ゴクッと二度喉を慣らした後、ふーっと大きく息を吐いた。

「やっぱビールは旨いのぉ。一日の疲れが吹き飛ぶわい」

「いつもながらいい飲みっぷりですね。でも、ちゃんとお腹にも入れないといけませんよ。はい、今日のお通しです」

そう言いながらまどかは小鉢を中島の前に差し出す。輪切りのキュウリと刻んだミョウガとを刻んだ昆布で和《あ》えたものだ。

「ほほう、ぱっと見は普通の和え物にも見えるが、さてさて……」

中島は手を合わせると、キュウリと昆布の和え物に箸を伸ばした。

パリパリッと歯ごたえの良い心地良い食感。そしてほどよい酸味と旨味が追いかけてくる。

「んまい！　この酢の加減、ワシにぴったりじゃわい。しかし、これはどこからどう見ても菓子を使っているようには思えんが……」

「実はですねー、これを使ってるんですよ」

まどかはそう言うと、エプロンのポケットから赤いパッケージの箱を取り出す。

昔も今も変わらない、ロングセラーの酢昆布菓子だ。

「あー、この昆布がそれか。なるほどなるほど、こりゃ乙じゃわい」

合点がいったとばかりに、中島がポンと膝を打つ。

「これなら刻んで和えるだけですしね」

中島の言葉がくすぐったかったらしく、まどかは照れ笑いを浮かべていた。

中島はビールをくいっと傾けると、ぷはーっと息をつく。

「そうそう、酔ってしまう前にちょいと話があるんじゃが……」

「あら、何でしょう？」

トントントンと野菜を刻んでいた手を止め、まどかが中島に顔を向ける。

その後ろでは、コウもそれとなく様子をうかがっている。

「いや、今度の週末の商店街でお祭りがあるのは知ってるじゃろ？」

「ええ、七夕まつりですよね？」

七夕まつりは円頓寺商店街の夏の風物詩。

お祭りの期間中は色とりどりの吹き流しや「はりぼて」と呼ばれる大きな人形がアーケードを埋め尽くすように吊り下げられ、その下にはたくさんの屋台も立ち並ぶ。通りでは音楽隊のパレードに大道芸、阿波踊りなどが次々と行われるなど、円頓寺界隈が最も賑わう一大イベントだ。もちろんまどかも、時間があれば覗きに行こうと楽しみにしていた。

すると中島が、コホンと一つ咳払いをしてからまどかに視線を向ける。

「その七夕まつりに、二人で出てみる気は無いか？」

「えっ⁉」

思わぬ提案に驚くまどか。後ろのコウも眉間にしわを寄せ、怪訝そうに首をひねる。

しかし中島は、そんな二人の反応も予想の範囲内とばかりに話を続けた。

「実はなぁ、さっき組合長に聞いたんじゃが、平日の三日間に出店を予定していたところからキャンセルが出てしまったみたいでな。スペースを空けておくのももったいないし、どうせならこの店で出てみたらどうかと思ったんじゃよ。どうじゃ、急な話ではあるが興味は無いかい？」

「うーん、興味が無くはないんですけど……」

中島の言葉にまどかは考え込んでしまう。確かにお祭りに合わせて店を出せるならうれしい話ではある。今年の七夕まつりには間に合わなかったが、次の機会があれば申し込んでみようと思っていたぐらいだ。

とはいえ、一週間後では準備の時間が全く足りない。何を出すのが良いのかということはもちろん、出店している間お店の営業をどうするかという問題もある。コウと二人体制では、祭りに参加しながらこの店も開くというわけにもいかない。

まどかが難しい表情を見せていると、中島が申し訳なさそうに声をかける。

「すまんすまん、悩ませてしまったな。さすがに一週間前では難しいわなぁ」

「いえいえ、すごくやりたい気持ちはあるんです。でも、現実的に準備が間に合うかどうかが心配で……」

「そうだよなぁ。まぁ、こっちももしかしたらぐらいで考えてた話だから、気にせんで……」

「一日だけ待ってもらうことはできますか？」

中島が言い終わる前に話に入ってきたのはコウであった。

予想もしなかった方向から予想外の言葉を挟まれ、まどかが目をパチクリとさせる。

するとコウは、一度まどかを見てから中島に向けて話を続けた。

「準備が間に合うか、一度ちゃんと考えてみます。うちの店にとってはより多くの人に知ってもらうための大きなチャンスですし、せっかくお声がけいただいた気持ちに応えられるか、もう一度ちゃんと考えさせてください。ただ、この後も営業があるので、どうか明日まで待ってもらえませんでしょうか？」

コウは早口で言い切ると、手を前で組んで静かに頭を下げる。

突然の行動をしばらくきょとんと見つめていたまどかだったが、はっと我に返るとコウに揃えて頭を下げた。

そんな二人に、中島は目尻を下げてにっこりと微笑む。

「もちろん構わんよ。むしろ無理を言っているのはこっちだからな。商店街の連中は何かかんかで忙しいし、この店が出なかったら他に頼めそうなところも無い。明日ぐらいならお茶の子さいさいだ」

「ありがとうございます！　まだどうなるか分かりませんが、明日必ずお返事させていただきます」

もう一度深くお辞儀をするまどか。

すると中島がうんうんと頷きながらグラスを掲げた。

「ま、今は先にこっちかな」

「あ、は、はい！　オーダー、ビールのおかわり、なみなみでおねがいしまーっす」

「ったく、居酒屋じゃないんだから……」

まどかの言い回しに、コウが小さな声で愚痴をこぼす。

そしていつものように淡々とした表情に戻ると、新しいグラスに淡々とビールを注いでいった。

◇◇◇

あっという間に時は経ち、七夕まつりの初日を迎えていた。

まどかは鏡の前でくるっと一回転すると、着付けが崩れていないかを確認する。

「こりゃー見事なべっぴんさんじゃ。きっとぎょーさんお客さんが寄ってくるでよー」

「中島さんのおかげでかわいい浴衣を貸してもらえたからですよ。あー、でもおばあちゃんに着付け習っておいて良かったです」

徳島の祖母と暮らしているときに「何かの時に役に立つから」と浴衣の着付けを教わっていた。ところどころスマホで手順を確認しながらではあったが、久しぶりの浴衣であってもきちんと整えることができたのは祖母のおかげ。まどかは徳島にいる祖母に心の中で感謝した。

最後に紺色のエプロンを腰に巻きつけていると、外からコウが声をかけてきた。

「先行ってるぞー」

「あ、こっちももう行けまーっす！」

「今日は楽しみじゃのぉ」

うんうんと頷くトン子も楽しみで仕方ないといった表情。今日はお祭りと言うこともあり、黒猫ではなく少女の姿で手伝う予定だ。

まどかはトン子の手を引くと、トントントンと階段を下りていく。

コウはいつもと同じようにYシャツに黒ベストの姿。ただ、いつもの黒ではなくワインレッド色のシャツを着ているところを見ると、多少なりとも人の目を意識しているようだ。

まどかはガスの元栓が閉まっていることをもう一度確認すると、手提げ金庫を手にする。

「トン子様、今日はお手伝いよろしくお願いします」

「うむ。呼び込みは任しときゃーせ」

「ほら、とっとと行くぞ」

コウはそう言うと、キャリーカートを引きながら先に店の外へと出てしまう。

その後ろで、まどかがアッカンベーと言わんばかりに舌を出した。

出店スペースである商店街脇の空き地につくと、道路に面したテントから中島がひょこっと顔を出す。

「来た来た！　じゃ、今日は頼んます。早速で悪いんだけど、セッティング確認してもらってええかい？」

「ありがとうございます！　助かります」

まどかはぺこりと頭を下げると、用意されている機材を確認していった。

ビニールをかぶせた長テーブルの上にはカセットコンロが二つ。机の横には飲み物を冷やしておくためのどぶづけと呼ばれる大きなクーラーボックスも置かれている。奥には手洗い用の水タンクも置かれ、準備は万端だ。

まどかはうんうんと頷くと、中島に頭を下げる。

「大丈夫そうです。全部準備してもらったので、助かっちゃいました」

「いやいや、無理を聞いてもらったのはこっちだし、これくらい構わんよ。ちょっと狭いが、堪忍したってくれ」

「全然！　むしろコンパクトで使いやすいです！」

「そう言ってもらえるとありがたいわ。じゃあ、自分もそろそろ持ち場に行くわ。終わったらまた片付けにくるで、軽くものをまとめておいてもらえばいいでなー」

「はーい、ありがとうございますー」

中島の後ろ姿を見送ると、まどかはパンと一つ手を叩く。

「コウさん、ドリンクの方お任せして良いですか？　私はこっちをやっちゃいますね」

その言葉にコクリと頷いたコウが、用意しておいた飲み物の缶や瓶、ペットボトルを次々とどぶづけの中に入れていく。

一方のまどかは、運んできたキャリーカートから荷物を取り出すと、テント奥の長テーブルに並べていく。会計用のお金を入れておく缶箱に電卓、飲み物を売るときに使うプラスチックのカップにお皿に太めの竹串、それに玉子焼き器をはじめとした調理器具も用意された。足りないものが無いかをもう一度だけ確認し、トン子を手招きする。

「ん？　何か手伝うことでも？」

「ええ、お店の飾り付け、手伝ってもらえませんか？」

「それはお安いご用じゃ」

「じゃあ、まずはここ押さえておいてくださーい」

まどかはトン子にも手伝ってもらいながら、メニュー表やＰＯＰを机の上やテントのあちこちに貼りだしていく。

その後、店から運んできた駄菓子を次々に並べていった。

開始時刻が近づくにつれ、まどかの緊張感が徐々に高まっていく。

「はぁ、ちゃんとお客さん来てくれるかなぁ……」

「すぐに腐るようなもんは置いてないから残っても店の在庫にすればいい」

「まぁ、そりゃそうなんですけど……」

コウの冷静な返しに、まどかが頬を膨らます。今聞きたいのはそんな冷静な言葉ではない。本当にこの男は人情の機微というのが分かっているのだろうか？

まどかが口の中でもごもごと文句をかみ殺していると、テントの外から不意に声がかけられた。

「ほらほら、そんなふくれっ面じゃお客さんも逃げちゃうわよ」

「あ、矢田さん！　ごめんなさい、ちょっと油断してました」

「いいのいいの、早くに来たのはこっちだしね。混む前にと思ったんだけど、ちょっと早すぎたかな？」

「いえいえ、大丈夫です！　今日はこんなメニューでやってます」

まどかはそう言うと、テントから吊るした品書きを手で示す。

駄菓子各種にビール、ソフトドリンクといったメニューが並ぶ中、「本日限定」と書かれた二つのメニューに矢田の目が留まった。

「へー、縁日パナシュにスナックロール……。なにこれ、面白そうじゃん。じゃあ、この二つちょうだい！」

「ありがとうございます。少々おまちくださいね。パナシュおねがいしまーす」

コウにドリンクの注文を伝えると、まどかは早速スナックロールの調理に取りかかった。プラスチックのカップの中で玉子を溶きほぐすと、油を引いた玉子焼き器に流し入れる。それを薄く広げると、ふと顔を上げた。

「あ、味はどうしますか？　この中から選んでもらえれば」

「え？　これ、うまい棒だよね？」

「そうなんです。これを玉子で巻いちゃうんですよー」

うまい棒を玉子で巻いたスナックロールは、名古屋のある駄菓子屋が始めたもので、まどかはいつもお世話になっている駄菓子問屋から教えてもらっていた。

玉子焼き器一つでできるので手軽な上、いかにも駄菓子屋っぽい料理で面白さも合う。串で刺して提供すればゴミも少なくて済むことも、屋台での料理にぴったりだ。

まどかは営業の合間を縫ってスナックロールを生み出した駄菓子屋まで作り方を教わりに行き、今日の出店に臨んでいた。

矢田はどれにしようかなと指で順番に差し、一本のうまい棒を選ぶ。

「じゃあ、このチーズでお願いします！」

「はーい」

まどかはうまい棒を受け取ると、袋を開いて玉子焼きの縁にポンと載せる。

そしてうまい棒を芯にしてクルクルと巻きつけると、さっとソースを塗り、ぱらっと青のりをふりかけてから、玉子を留めるようにしながら串を二本刺した。

「お待たせしました。こちらがスナックロールで、えーっと……」

「縁日パナシュ、こちらもどうぞ」

ぴったりのタイミングで飲み物も差し出すコウ。どうやらタイミングを合わせてくれたらしい。このあたりのそつの無さは、さすが元バーテンダーといったところだ。

矢田は代金を支払うと、二人から商品を受け取り、うんうんと頷く。

「片手に串、片手にお酒。うーん、これぞお祭りだね！　じゃあ、いっただきまーす！」

矢田は両手を掲げると、右手に持ったスナックロールにガブリとかぶりついた。

焼きたてでほっかほかの玉子焼きの中で、うまい棒がザクザクと心地よい音を奏でる。

そしてそれをしばらく咀嚼して堪能した後、左手に持ったカップを傾けゴッゴッと喉を鳴らした。

「んーまっ！　え、なにこれ⁉　どっちもどーらうまいじゃん‼」

それは矢田にとって驚きの味わいだった。

スナックロールは、うまい棒を玉子でくるんだことで食べ応えが何倍にも増し、さらにチーズ風味のうまい棒にソースと青のりの風味が加わることで満足感が大きく膨らんでいる。玉子焼きとうまい棒の食感の対比も面白く、何より塩気が利いていて酒に合うことこの上ない。

そしてこの縁日パナシュもすごい。甘口なのだがビールの苦みもしっかり感じられ、さっぱりとしていてゴクゴクと飲めてしまう。わずかにレモンの香りがするのもまたいい。ちょっと濃いめのスナックロールの後口をきれいさっぱり洗い流してくれる、まさにベストパートナーだ。

すると、折りたたみ椅子の上にちょこんと正座をして店番をしていたトン子が満足げにうんうんと頷く。

「どえらけにゃあ褒めてもらってありがてゃあことじゃ」

「え？　やだ、私もしかして口に出てました⁉」

慌てて口元を押さえながら、矢田がまどかに首をくいっと向ける。

まどかも、苦笑いを浮かべながらこっくりと頷いた。

「お口に合いまして何よりです。矢田さんに褒めてもらえてほっとしました」

「んもー、すぐに何でも口から出てまうもんで恥ずかしいよねぇ。でも、ホント、どっちも美味しかった！　あ、縁日パナシュおかわりちょうだい！」

「ありがとうございます。少々お待ちを」

コウはそう言うと、右の袖を軽くまくってどぶづけの中から小さなビール缶とラムネの瓶を取り出す。

そしてプラスチックのカップに少し高いところからビールを注ぐと、ラムネのフタになっているビー玉をぐいっと押し込んだ。ポンと気持ちの良い音がテントに響く。

「はー、いい男が背筋伸ばしてピシッと仕事してると、ラムネ開けるのもめっちゃかっこよく見えるわー」

矢田のつぶやきと呼ぶには大きな独り言が耳に入り、まどかが微妙な笑みを浮かべる。

一つ一つの所作が洗練されていて、確かに見た目はかっこいい。目を奪われるという気持ちも分かる。ただ、コウの普段を知っているまどかは、どこかでそれを認めたくないと思ってしまうのもまた本音であった。

一方のコウは聞こえているのかいないのか、全く意に介した様子も無くラムネの瓶を傾けている。ゆっくりとラムネをカップへと落とすと、最後にレモン汁を数滴加え、にこっと微笑みながら矢田に差し出した。

「縁日パナシュ、おかわりです。アルコールは弱めですが、どうぞ飲み過ぎませんように」

「んもっ、そんなこと言われたら、オバチャン惚れちゃうわよーっ！」

喜びながらカップを受け取る矢田。まどかは思わず腕をさすると、じとっと横目でコウを睨みつけた。するとコウは、ドリンクを取るためにまくり上げていた右腕の袖をさっと下ろすと、まどかの方を向くこと無く声をかける。

「ぼうっとしとらんと、すぐに忙しくなるぞ。しっかり気持ちの準備しておけ」

「えっ？」

まどかがはっと顔を上げると、「すいませーん」と声をかけられていた。いつのまにか祭りがスタートしていたようで、あっという間に客が増えている。

それに気づいたまどかは、慌てて店頭にやってきた客へと声をかけた。

「はーい、今お伺いしまーす」

「こりゃあ、どえらけにゃあことになりそうじゃのう。ほーい、いらっしゃーい。うみゃーもんがぎょーさんあるで、寄ったってちょーせー」

大きな声で呼び込みつつも、トン子は早くも大賑わいの予感を感じとっていた。

◇　◇　◇

「すいませーん、注文良いですかー？」

「はいはーい、少しお待ちくださいねー」

うまい棒にくるくるっと玉子を巻きつけながら応えるまどか。七夕まつりから二週間、お盆も過ぎたという時期にもかかわらず『るーぷ』の店内は大勢の客で賑わっていた。

七夕まつりへの出店は、結果として大成功だった。スナックロールの珍しさやコウのスマートなラムネ捌《さば》きが目を引いたようで、休む間が無いほど客がひっきりなしに訪れた。出店は前半戦の平日三日間だったのだが、その直後の土日にはSNS等で噂を聞きつけた人たちが「今日はお祭りに出店してないんですか?」と店まで足を運んでくれ、お店の方もお祭り騒ぎの大賑わいとなった。

さらに後押ししたのがテレビでの紹介だ。七夕まつりの取材に来ていたテレビニュースの取材陣がこの出店のことを面白がってくれ、『るーぷ』の店舗とともに大きく取り上げられた。テレビでの紹介後はさらに客が増え、閑古鳥が鳴いていた最初の頃などまるで嘘のような賑わいだ。

とはいえ、大きな店では無いためまどかとコウの二人でなんとかやっていける。コウは「忙しいなぁ」とブツブツ言っているものの、客前ではそんなそぶりを見せずに営業スマイルでテキパキと手伝ってくれている。黒猫姿で小上がりにいるトン子も、たくさんの客に可愛がってもらってご満悦のようだ。

売り上げも順調に伸びており、これならちゃんとコウに家賃と給料を払えそうである。忙しいながらも、まどかは充実した日々を過ごしていた。

「お待たせしました。スナックロールとおつまみたませんです」

新旧二つの看板メニューを出すと、カウンターに座っていた二人組の若い女性客がスマートフォンを取り出し、パシャパシャと写真を撮り始める。しばらくすると、そのうちの一人がスマートフォンを上に持ち上げた。

それに気づいたまどかが声をかけようとしたそのとき、隣にいた女性が二人に声をかけた。

「楽しんどるところアレだけどさ、お店の人の撮影は勘弁してやって。ほら、ここに書いてあるでしょ？」

女性はそう言うと、メニューの下側を指さす。そこには、「お料理や店内の撮影とSNS等への投稿はOKです。ただし、スタッフや他のお客さんが写らないようご配慮お願いします」との注意書きが書かれていた。

二人はあっと声を上げると、ぺこっと頭を下げる。

「あ、ごめんなさーい」

「いえいえ、出しゃばってごめんなさいねー。はい、これ私からのお裾分け」

女性はそう言うと、手元に持ってきていた駄菓子を一つずつ二人に渡す。

窘《たしな》められてしゅんとなっていた二人も、その気遣いに再び笑顔を見せていた。

するとまどかが手を拭きながら、女性に声をかける。

「矢田さん、ありがとうございます。助かりました」

「いいのいいの。まどかさんからじゃ言いにくいでしょ？　コウくんがまた拗ねたら大変だもん」

小声で話すまどかに、矢田がウィンクで応える。

矢田の言うとおり、コウは写真に撮られるのを極端に嫌っていた。

テレビの取材が入ったときも二階にこもって降りてこなかったし、スマホなどで撮影しようとする客にも容赦なく大声で怒鳴りつけることがたびたび。ついには「これをなんとかしない限り、二度と手伝わない」とまで言い始めたのだ。メニューの目立つところに注意書きを載せたのも、主にコウに引き続き仕事を手伝ってもらえるようにするという意味合いが大きかった。

とはいえ、コウが写真一つでここまで怒りを見せるのはまどかにとって驚きでもあった。もちろんまどか自身も勝手に写真を撮られたくは無いし、肖像権というものがある以上、コウが拒否するのも正論である。それでも、普段から「客商売というのは見られるのも仕事のうち」と人一倍身なりに気を遣っているコウがここまで激昂するというのは、意外に感じられた。

コウをちらっと見ると、特に表情を変えることなく黙々とグラスを洗っている。どうやら早めに対処できたのが良かったらしい。まどかがほっと胸をなで下ろす。

すると、入り口の扉がガラガラッと開いた。どうやら新しい客が入ってきたようだ。

「いらっしゃいま……」

いつものように笑顔で迎え入れようとしたまどか。しかし、その声は途中で止まってしまった。

普段とは違うまどかの様子に、コウも手を止めて扉の方を見る。黒猫トン子も様子をうかがおうと首を伸ばした。

すると、入ってきた若い男が手を上げながらまどかに声をかける。

「よう、久しぶり」

男はずかずかと店内に入ってくると、間を空けて座っていたカウンターの客たちを詰めさせて、まどかの前にドカリと座り込んだ。

その様子を止めることもできず、まどかは呆然と立ち尽くしている。

そんなまどかを、男はニヤニヤと笑みを浮かべながらなめ回すように見つめる。

「えー、もう俺の顔忘れちゃったのー？　それとも久しぶりに会えて感激すぎて動けない感じー？　あ、ここ禁煙なの。参ったなー、最近の喫煙家って肩身狭いよねぇ」

何を言われていても、まどかはガクガクと震えるばかり。不穏な空気を察したのか、客から次々とお会計の声がかかった。

するとコウは、まどかに会計をするよう声をかけ、入れ替わるように男の前に立ち位置を変える。

「いらっしゃいませ。こちらがメニューになります。駄菓子はご自身で取っていただいてから、我々スタッフまでお見せください。最初のご注文がお決まりならお伺いしますが……」

「へー、兄ちゃんかっこいいねー。注文、そう、注文ねぇ……、やっぱまどかがいいかなぁ。ねーまどかちゃーん、手が空いたらビールお酌してくれるー？」

男はヘラヘラと笑いながら、離れたところで会計をしているまどかを呼びつける。

その言葉にまどかはまたビクッと肩を震わせ、ぎこちない笑顔で客にお釣りを渡した。

あまりの態度の酷さを見かねた矢田が、男を窘めようと口を挟む。

「ちょっとあんた、ちょっとばかしまどかに馴れ馴れしすぎないかい？」

「ああ？　俺？　あ、俺のことなら大丈夫。な、俺とお前は、将来を約束した仲だもんなー」

その瞬間、ガシャーンと大きな音が響いた。どうやら片付けようとした食器をまどかがひっくり返してしまったらしい。

足下に散らばってしまった破片を見ながらも、まどかはおろおろと震えるばかり。

「あーあー、相変わらずそそっかしいなぁ。ま、そんなところも可愛げなんだけど」

独り言にしては大きな声でつぶやく男。

そのぞんざいな態度に矢田が文句を言おうとするが、それを遮るようにコウが声を響かせた。

「失礼しましたー」

コウは淡々とちりとりとほうきを取り出すとまどかの足下をさっと掃いていく。

片付けが終わると、まどかの肩をポンと叩いた。

はっと我に返ったまどかが、震えながらも口を開く。

「ご、ごめんなさい。私……」

「いいから。それより、この後大丈夫か？」

コウの質問に一瞬考えるまどかだったが、やがて首を縦に振る。

営業が終わるまであと一時間ほど。客がいる限り、店主として頑張らなければならない。

まどかはふぅと大きく息をつくと、気丈に声を上げた。

「みっともないところをお目にかけてしまい、大変失礼しました」

「うーん、まどちゃんやっぱりしっかりしてるねぇ」

男が冷やかしてくるが、その言葉には耳を貸さない。矢田が「ねぇ、大丈夫?」と声をかけてきたが、まどかはコクリと頷いた。

店内が落ち着いていくのを確認し、コウが改めて目の前の男に声をかける。

「改めて、ご注文をお聞かせいただけますか?」

「だからま・ど・かちゃん、愛しの君だって。おーい、こっちに来ていつもみたいにビールついでちょうだーい」

「お客様、大変申し訳ございませんが、ここはそのようなお店では……」

「うっせーなー。俺はまどかの婚約者だってさっき言っただろ? それとも、日本語通じない?」

眉間にしわを寄せて凄む男。意識しないようにしていても、まどかは本能的にビクッと体を震わせてしまう。

しかしそのとき、男が突如手のひらを返した。

「っていかんいかん。こんなんだからまどかに逃げられてまうんだ。俺ってば全然だめだなぁ」

「えっ?」

突然弱気な態度を見せる男に、まどかはきょとんとしてしまう。

すると男は、芝居がかったように滔々と語り始めた。

「俺って余裕なくなるといっつも適当ぶっかましてまうんだよなぁ。そうそう、あの大げんかのときもおんなじ。店の勉強にちょっと女友達誘っていっただけで機嫌悪くしてグチグチ言ってくるもんだから、冗談半分でお前を追い出すようなこと言っちゃったけどさぁ……」

「あ、あれは準備も進んでないのに出かけてばっかりだったし、それにあの言葉だってとても冗談なんかじゃ……」

酷い仕打ちを受けたあの日のことを思い出し、反論しようとするまどか。

しかし、その言葉よりも早く、男が席を立ち、そして土間に膝をついた。

「まどか、あの時の言葉は俺の本心じゃ無かった。ちょっとお前をからかっただけなんだ。本当に悪かった。この通り、許してくれ」

「ちょっ！　やめてよ！」

突然土下座をした元婚約者の姿に、まどかが思わずカウンターを飛び出す。

すると男は、近づいてきたまどかの両手をぎゅっと握り、目を潤ませながらまどかの耳元めがけてささやいた。

「いなくなって初めて分かる気持ちって本当にあるんだな。お前がいなくなって、本当に寂しかった。もう二度と会えないかもと思うと、胸が張り裂けそうだった」

「だ、だから……」

手を振りほどこうとするまどかだが、力が十分に入らない。男の瞳に視線が吸い込まれていってしまう。

「なぁ、この立派な店なら俺が手伝えばもっともっと何倍にも繁盛させられる。一度は将来を誓い合った仲だろ。もう一度一緒になって、二人で手を取り合って、幸せな家庭を築こうじゃないか。俺にはお前が、お前には俺が必要なんだって」

「そ、そんなこと言われても……」

突然のことに混乱するまどか。この男のしたことは決して許せない。自分をいいように弄《もてあそ》んだあげく、大事なお金まで全部持っていかれた。授業料と考えるにはあまりにも大きい金額だ。

都合が悪くなるとこうして土下座をするのもいつものこと。本心ではきっとそんなこと思っていない。大方私がテレビに出たのを見つけてのことやってきたのだろう。

それでも、まどかはこの男のことを突き放せないでいた。どうしようもないクズなのに、どうしても放っておくことができない。絶対に許せないのに、心のどこかでこの男のことを信じてしまいそうになる。

自分でも止められない心の動きに翻弄されるまどか。このままだと頭と気持ちがバラバラになりそうだ。

するとそのとき、突然甲高い声が店に響いた。

「おみゃーさん、とろくしゃーことぬかすのは、てゃあぎゃあにしとかなかんよ」

天井から響いてきたようにも聞こえた凛とした声。まどかははっと顔を上げるが、周りを見渡してもどこにも声の主が見当たらない。

カウンターに残っていた矢田を見るが、ブルブルと首を横に震わせるばかりだ。男もポカンと口を開いたまま天井を見つめている。

するとそのとき、バチンという音とともに店内が真っ暗になった。

「な、なんだっ⁉」

突然の出来事にうろたえる男。すると、再び天井から声が響いた。

「まどかを誑《たぶら》かすもんはこのワシが許さん！　ちゃっとここから去《い》にゃーせ！」

「だ、だから誰なんだって！」

「言うこと聞かんのなら、こうじゃー！」

その刹那、バシャーッと水がこぼれる音がした。次いで、男から悲鳴が上がる。

「ひえーっ‼」

男は慌てふためき、後ずさりする。やがて入り口の扉までたどり着くと、一目散に外に飛び出していった。

暗闇の中でまどかがポカンとしていると、再び店内に明かりが灯される。

「な、なんだったの今の……」

ただ一人、客として残っていた矢田も目をパチクリさせるばかりだ。

するとコウが、ふぅと大きく息をついた。

「大変失礼しました。少々目に余ったもので、出しゃばりました」

「え、今のコウくんだったの？」

思わぬ告白に、矢田が驚きの声を上げる。

まどかがコウを見上げると、その手には空っぽのグラスが握られていた。

「随分暑苦しい男でしたが、少しは頭も冷えたんじゃ無いでしょうか」

飄々《ひょうひょう》とうそぶくコウ。ようやく状況を理解した矢田があーっはっはと盛大に笑い始める。

「なるほど、コウくんがとっちめたのね。いやー、しかしあの演技力すごいわー。まるで子供のお化けだったみたい」

感心するまどかに、コウがふふっと笑みを浮かべる。

「昔取った杵柄というやつです。お恥ずかしいばかりで」

「いやいや、なかなか堂に入ってたよ。それにしても、まどかちゃん、大丈夫かい？」

へたり込んでいるまどかへと振り向くと、矢田がそっと声をかける。

まどかはなんとか立ち上がると、深々と頭を下げた。

「え、ええ。……みっともないところをお見せして、本当に申し訳ございませんでした」

「いいのいいの。でも、あんな変な男に引っかかっちゃだめよ。困ったことがあったら、このオバチャンに何でも相談しなさい、ね」

矢田はそう言うと、まどかをそっと抱き寄せる。そのぬくもりが今のまどかにはとても心地よかった。

コウはやれやれと言わんばかりに自分の肩に手を置き、首をぐるりと大きく回す。するとほどなく、天井からにゃあと声が聞こえてきた。

◇◇◇

「ヒマ、ですね……」

夜営業が始まった『るーぷ』のカウンターの内側で、まどかがポツリとつぶやく。

元彼の騒動から一週間、『るーぷ』の客足は目に見えて落ちていた。

テレビでの紹介から時間が経ち、落ち着いてくる頃ではある。また、あの騒動のときに居合わせた客の中には、何て店なのだろうと敬遠する者がいても決しておかしくはない。

しかし、それにしてもこの客の落ち幅は異常だ。近くで暮らす常連たちが通ってくれているとはいえ、日に日に厳しくなる状況にため息が出るのも無理はなかった。

小上がりでは、黒猫姿のトン子がふわわわとあくびをしている。

コウは店の準備を済ませると「忙しくなったらトン子に呼びに来させろ」と言って二階へと上がってしまっていた。

このお店を始めたばかりの閑古鳥が鳴き続けていた日々を思い出し、まどかの口から再びはぁとため息がでる。

すると、入り口の扉がガラガラガラッと勢いよく開かれた。

「あ、まどかちゃん、大変よ！　ちょっとこれ見て！」

息せき切ってやってきたのは矢田だった。するとそのすぐ後に中島も駆け込んでくる。

「おー、まどかさん。悪いがちょっと一大事じゃ。ほれ、これを……」

「あれ？　もしかして中島さんも？」

「おおう、そういう矢田さんももしや……」

同じようなタイミングで駆け込んできた二人が、思わず顔を見合わせる。

そんな二人にまどかが目をパチクリとさせながら声をかけた。

「矢田さんに中島さん、何かあったんですか？」

「何かあったって、大変なのよ！　ねぇ、これ見て！」

矢田はそう言うと、スマートフォンのロックを手早く解除してまどかに渡す。

受け取ったまどかは指でスッスッと画面を滑らせ、そして口元を手で押さえた。

「こ、これって……」

そこに表示されていたのは、『るーぷ』に関する口コミサイトへの書き込み。新しい書き込みから順に見ていくと、見事なまでの罵詈雑言が並べ立てられていた。

料理や酒が不味いから始まり、店内がゴミだらけで虫がわいている、店員の態度が横柄で注文をまともに聞いてくれない、会計の時にめちゃくちゃな項目でふっかけて高い金を取るぼったくり店などなど。挙げ句の果てに「お化けが出る」とまで書かれてしまっていた。画面を下に動かすたびにありもしないことが次々と表示されていく。

するとと今度は中島がノートパソコンの画面をまどかに見せる。

「そっちも酷そうじゃが、こっちもなんじゃゃ。息子が見つけたんだが、まぁえらいことになっとるわ」

こちらは検索サイトの地図機能と連動する口コミの書き込み。そちらも『るーぷ』に対する嘘の中傷のオンパレードとなっていた。

こんな書き込みがあったら新規の客など来るはずが無い。至らぬ部分を指摘されるなら仕方が無いが、この書き込みはどれも身に覚えが無い嘘八百な内容ばかり。営業妨害もいいところだ。

あまりの酷さにまどかが絶句していると、不意に後ろから声をかけられた。

「いやー、こりゃなかなか壮観だな」

はっと顔を上げるとコウの姿がそこにあった。小上がりを見ると、黒猫のトン子が尻尾を上げてサインを送る。どうやら彼女がコウを呼んでくれたらしい。

するとまどかが慌てて画面を隠す。

「ダメです！　コウさんはこれ以上見ちゃいけません！」

ノートパソコンの画面を手で覆って必死に隠すまどか。

しかし、コウは手元でスマートフォンを操作し、まどかに見せつけた。

「これだろ？　なかなか面白いよね」

にやっと笑いながら見せた画面は、中島や矢田が教えてくれたところと同じサイトであった。

「すげーな俺、くそ生意気なドS野郎で、客の女性を手当たり次第食い散らかしている上に、ちょっとかわいい男が来ると色目まで使ってるらしいぞ」

「くそ生意気でドS野郎というのは、あながち間違ってなくも……」

「あん？　何か言ったか？」

声にもならないようなつぶやきを耳ざとく聞きつけたのか、コウがまどかをギロッと睨みつける。

　まどかは慌てて口を手で塞ぎ、首をふるふると横に振った。

「しかし、面倒なことに巻き込まれたよねぇ。これ、どうせこの間のアイツの仕業でしょ？」

「なんじゃ、心当たりがあるのか？」

　矢田の言葉に引っかかりを覚えた中島がまどかに視線を向ける。

　これは話さざるを得ないと、まどかは先日の一件について中島に事情を説明した。

「なるほどなぁ。とんでもない不埒《ふらち》な輩《やから》がいるもんじゃの」

「ホントねー。まどかちゃん、この間も言ったけどさ、もう二度とあんな男に引っかかっちゃダメだからね？」

「そうだな。悪い男というのは存外身近に入り込んでくる。十分気をつけなさい」

「は、はい……」

　二人から諭され、まどかは神妙な面持ちで縮こまる。

　しかし、まどかにはそれよりも先に心配なことがあった。

「それにしても、これ、どうしましょう？　このまま放置しておくのも……」

「そんなもん放っておけば良い」

「でも、せっかくお店が上向きになってきたのに……」

「最近忙しかったしな。ちょっとした評判に左右されるミーハーな客が減ってちょうど良いんじゃねえか？　俺も手伝わんで済むし」

「えー、そうしたらまた閑古鳥がカーカー鳴いちゃうじゃ無いですかー！」

「閑古鳥の鳴き声ならカッコーだ」

一刀両断にぶったぎるコウに対し、まどかが口をとがらせる。やっぱりこの男はくそ生意気なドS野郎でいいのではないか、とつい思ってしまった。

「まぁでも、こういうのは怒りに任せて対応したら相手の思う壺。苦しいかもしらんが、少しだけガマンするしか無いかもしれんの」

「そうですよねぇ。私たちもできるだけお店に来るようにするから、ちょっとだけ踏ん張ろう、ね？　私たちはいつでもまどかちゃんの味方だから」

「あ、ありがとうございます」

二人の常連客からかけられた優しい言葉に、まどかがぺこりと頭を下げる。

その後の相談の結果、とりあえず今できることとして不正な書き込みをこまめに通報していくこととなった。また、中島から商店街組合の顧問弁護士に対処の方法が無いか相談をしてくれるという。まだ店を開いてから日が浅いにもかかわらず、こうして店のことを思ってくれる人がいることが、まどかには何よりもうれしかった。

まどかは話をいったん終わらせると、『るーぷ』の営業を始める。とはいえ客足は全く伸びない。静かな営業が続く中、普段よりも多く飲み食いしてくれた常連の二人に恐縮しっぱなしであった。

　二人が帰るのに合わせ、トン子は「夜廻りの時間じゃ」といって出かけてしまう。客《ノーゲスト》がゼロとなったことで、コウも早々に切り上げて二階へと上がってしまった。

　しんと静まりかえる店内で、まどかは折りたたみ椅子にちょこんと腰をかける。

　一人の時間は怖い。つい悪い方、悪い方に考えが行ってしまう。書き込みがエスカレートして、さらに炎上したらどうしよう。このまま誰もこのお店を使わなくなったらどうしよう……不安ばかりが心に重くのしかかる。

　今日はもうお店を閉めようかな、まどかがそんなことを考えていると、入り口の扉がガラガラガラッと乱暴に開いた。手にしていたスマートフォンをエプロンのポケットに突っ込み、まどかが慌てて立ち上がる。

「い、いらっしゃい……ま……」

　迎えの言葉が途切れるまどか。そこに立っていたのは、例の元婚約者《モトカレ》だった。

「おー、今日は貸し切りかー。うっせー男もおらんみたいだし、こりゃまどかちゃんとゆっくり楽しめそうだなぁ」

　ペロッと舌なめずりをしながら、ズカズカと店内に入って来る。

　まどかは恐怖に包まれながらも、必死で声を絞り出した。

「か、帰ってください。今日はもう閉めるところで……」

「えー、閉めちゃうのー？　じゃあ、この後はプライベートな時間ということで。ほら、早くビールビール！　あ、この辺のヤツ喰っちゃっていいよね？」

男は勝手気ままに商品として並べてある駄菓子をつかみ取ると、次々と封を切っていく。空いた袋や食べかすが土間にどんどんと散らかっていった。

「もうやめて！　出てってよ！」

たまらずまどかが声を張り上げる。

しかし、男はますます下卑た笑いを浮かべながら、カウンター越しにまどかの間近まで顔を近づけた
「おーおー、怖い怖い。いつからそんな口の利き方するようになったんかねぇ。あ、もしかして、あの男にみっちり仕込まれちゃった？」

その瞬間、バチーンという音が店内に響き渡った。

はっと我に返ると、男が頬を押さえてうずくまっている。まどかの手もジーンとしびれ、真っ赤に腫れ上がっていた。

「おー、いてて……。あー、これ骨にヒビが入ったかも……」

男は頬に手を当てつつも、ニヤニヤと笑いながらジロリとまどかをのぞき込む。

「ご、ごめんな……」

「良いお店なのに残念だなぁ。こんな酷いことをする店主がいるようなお店、やっていけるのかねぇ……」

男はそう言うと、お尻のポケットからスマートフォンを取り出す。

そこに映し出されたのは、つい先ほどまどかが強烈な平手打ちをしていた、まさにその瞬間の映像であった。

「うそ、なんで……」

言い訳ができない場面を押さえられ、絶句するまどか。

すると男は、胸元からすっと一本のボールペンを取り出す。

「これだよ、これ」

男がポイッとカウンターに投げ置いたそれを拾うまどか。

手に取って確認すると、不自然な箇所に小さな穴が空いていた。

「ま、まさか、隠しカメラ……」

「まぁ、そういうことだ。いやー、あわよくばと思ったけど良い映像撮れたなー」

悪びれない男の言葉に、まどかが手にしていたペン型カメラを地面に叩きつける。

「おっと、そんなことしても無駄だぜ。ほら、データはもうこっちにあるんだからな」

「消して！　今すぐ消して！」

髪を振り乱しながらまどかが悲痛な声を上げる。

しかし、その一言こそ、男が待っていたものであった。

「いいぜ、消しても」

「えっ？」

急に男の声色《こわいろ》が変わり、戸惑うまどか。

すると男は、頭をポリポリと掻きながらまどかに優しげな言葉をかける。

「別にこんなん撮るつもりじゃなかったしな。その代わり、もう一度、俺んところに戻ってこい。なぁに、店はこのまま続ければ良い。そこはまどかのやりたいようにやれば良いし、俺もちゃんと応援する」

「えっ？　えっ？」

「そうそう、何かふざけた書き込みもあったみたいだけどさ、それも俺が何とかしてやる。俺の仲間ん中にはこういうのに強いヤツがいるからな。評価を上げるのも下げるのも自由自在。この店がちゃんと繁盛するように上手いことやってやるって」

突然の提案、どう考えても罠。到底信じることなどできるわけが無い。まどかもそれはきちんと理解している。

しかし、甘い。とても甘い言葉だ。付き合ってる頃から、こうした言葉に何度も何度も騙され、挙げ句の果てには捨てられた身のはず。それなのに、心の奥底で「今度こそは」とどこか期待してしまっている自分がいることをまどかは否定できなかった。

「ゔぅぅぁぁ……」

まどかの中で、理性と感情がバラバラになる。うめき声を上げて座り込む。

すると、カウンター越しに男がそっと手を差し出した。

「大丈夫、お前は俺の言うことだけ聞いていれば何も心配ない」

その言葉は悪魔のささやき、そう分かっているのに心が抗えない。

まどかが目に涙を浮かべながら震える手を伸ばし始める。

するとそのとき、パチ・パチ・パチとゆっくりと手を叩く音が聞こえた。

「誰だ⁉」

振り返りながら叫ぶ男。それにつられるようにまどかもゆっくりと立ち上がり、音が鳴る方へと顔を向ける。

そこに立っていたのはコウであった。

「名演技、いや迷う方の迷演技かな？　こんな古くさいやり方を今時よくやるわ」

「ああん？　テメェはこないだの！　邪魔すんな、引っ込んでろ！」

「邪魔するなと言われても、少々見過ごすわけにはいかなくてね。ところで、こっちにもこんなものがあるんだが」

コウはそう言うと、胸ポケットからスマホを取り出し、まるで印籠のように男に見せつける。

そこに流れていたのは、まさにまどかに映像を見せつけて脅している男の姿だった。

男がバッと顔を上げると、天井にいくつものカメラがある。

「貴様……！」

「どうせろくなコトしてこないと思ってつけておいたんだが、まぁここまでドンピシャにハマるとはな。こっちにもちゃんと証拠を残してある。こっちはコレを持って出るところまで出ても良いんだがな」

男をキッと睨み据えながら、コウが激しく言葉をぶつける。

証拠を握られて分が悪いと見たのか、それともコウの迫力に押されたのか、男はじりじりっと後ずさりを始めた。

やがて壁際まで追い込まれると、ふっと力を抜いて両手を挙げる。

「あー、そういうことね。はいはい、お前ら、デキてんだ？」

「ああん？」

下品な笑みを浮かべながら、突然脈絡の無いことを言い始めた男に、コウが一層睨みを利かせる。

しかし、男はおどけながら、突如後ろにいるまどかに向けて大声で話しかけた。

「なぁ、俺とお前、結婚の準備どこまで進めてたんだっけなぁ？」

「え、あ、あの、その……」

突然〝昔の証文〟を持ち出され、まどかはしどろもどろになる。

それを見た男が、ますます嫌らしく口角を持ち上げた。

「一緒に住んでたし、婚姻届の準備もしっかりやってたよなぁ。これって、法律的に正式に婚約が成立してたってことになるんじゃねえか？」

「そ、そんなこと言ったって、あ、あなたの方から……」

まどかの膝がガクガクと震える。どこかにつかまっていないと立っていられない。

「俺は一度も婚約解消するなんて言ってねえし、同意もしてねぇ。まだ俺とお前は婚約者の間柄なんだよ！　で、そんな大切なコンヤクシャがいるのにこいつとデキちゃったと。あー、これは大変だー、俺は傷ついてもう立ち直れねえかもしれねぇ。たんまりと慰謝料払ってもらわなきゃなぁー」

「そ、そんな……」

あまりにも理不尽な物言い。しかし、理不尽だからこそまどかは心を抉《えぐ》られてしまう。

「おっと、そっちの兄ちゃんも覚悟しておけよ。お前もコイツとデキてんだったら同罪、共同不貞行為ってやつだからな！」

「話はそれだけか？」

すごむ男の言葉をものともせず、コウがぐっと間を詰める。

　そして大きく腕を振りかざすと、男の頬をかすめるようにバンと壁を叩いた。

「いい加減キャンキャン吠えてんじゃねえ。俺の大切なパ、、、、ートナーにこれ以上無礼なことを言ったら堀川にたたき込むぞ！」

「えっ？」

　コウの口から飛び出した思わぬ言葉に、まどかが目をパチクリとさせる。パートナー、いったい誰のことを言っているのだろう。気づけば体の震えもすっかり収まっていた。

「てんめぇ！」

「黙っとれ！　おい、まどか！　お前もいい加減にしろ！　ここは、お前にとっていったいどんな場所なんだ？」

　コウの言葉にまどかがはっと我に返る。

　そう、ここは自分の居場所。目の前の男のせいで何もかも失った自分がようやく築きつつある、大切な場所なのだと。

　まどかがふーっと大きく息を吐き出す。手は震え、足もなかなか前に出ない。それでも、もう一度首を大きく振って顔を上げると、ゆっくりとカウンターを出た。

「お、お帰りください。そ、そしてもう二度と私の前に姿を現さないで」

　絞り出すようなまどかの声。手足もまだガクガクと震えている。しかし、視線だけは男から外さない。その瞳には強い意志が宿っていた。

その迫力に男は一度はひるむが、強がるように前に出る。

「だ、だから、さっきも言った通り、お前は俺から逃げられ……」

「違います。私があなたを突き放すんです。さようなら。どうぞお元気で」

今度は明確な拒絶。深々と頭を下げるまどかの身体は、もう震えていなかった。

しかし、その慇懃無礼な態度に男が声を荒げた。

「だからそういうことじゃねえんだって！　おい、てめえ、いい加減に……」

次の瞬間、コウが何か言いかけた男の胸ぐらをつかむ。

そして耳元で何かをささやくと、みるみるうちに男の顔が青ざめた。

コウがパッと手を離すと、男は尻餅をつき、そのままズルズルと這い出ていく。

「お、覚えてやがれ！」

やがて立ち上がった男は、あっという間に外に飛び出すと、一目散に去って行った。

コウはふぅと息をつくと、パッパと体を払う。

「ん？　どうした」

気づけば、まどかは全身の力が抜けたように土間にへたり込んでいた。

しばらく呆然としていたまどかがゆっくりと顔を上げる。

「こ、怖かったーーー！」

感情があふれ出したまどかが、泣きじゃくりながらコウの足にしがみつく。

どうしたものかと困ったコウだったが、ポンポンと優しくまどかの頭をなでた。

◇　◇　◇

「おっかねえ、あんなヤバいヤツと関わったらこの先タダですまねえ」

人通りの無い裏路地を、男が慌てて走っていく。

あと一歩、もうあと一歩で金づるが手元に戻ってくるはずだった。

しかし、今回ばかりは相手が悪い。まどかのバックにまさかあんなやつがついているなんて……。

「うぉっと！」

五条橋の石畳に足を取られ、男がバランスを崩す。その拍子に、手に持っていたスマートフォンがポーンと地面に投げ出された。

「っぶねぇ。コイツを落としたら、めんどくせえこと……ん、待てよ？」

男は思い出す。この中にはまだ先ほどの映像データが残っていることに。

向こうも映像を残しているだろうが、やり方によってはまだ使えるかもしれない。

まどかにつきまとうあの男の邪魔さえ入らなくなれば、もう一度「有効」に活用できるだろう。

そう考えると、あの場でデータを消させられなかったことは幸いだった。そして今、スマートフォンを川に落とさなかったことも。

「……俺もまだまだツイてるな」

男はそうつぶやくと、欄干近くまで投げ出されたスマートフォンを拾い上げる。

そして画面がつくかどうか確認しようとタップしたそのとき、突如白い光が目の前で弾けた。

「うぉあっちぃ!!!!!!」

あまりにもまぶしい光と音に、たまらず男が手で目を覆う。そして、爆発の衝撃でよろよろとよろめくと、欄干に体をぶつけた。

「う、うわぁあああ！」

夜の闇に包まれた堀川に、バチャーンと激しい水しぶきが上がる。

欄干の上では、一匹の黒猫がその様子をじっと見下ろしていた。

◇　◇　◇

それからさらに数日後、少しずつ賑わいが戻ってきた『るーぷ』のカウンターに、矢田と中島の姿があった。

　矢田はビールをぐいっと飲み干すと、ぷはーっと息を上げる。

「ホント良かったねー、書き込み全部無くなってたんだって？」

「ええ、おかげさまで綺麗さっぱりです。ほっとしました」

　矢田の問いかけに笑顔で答えるまどか。

　すると隣に座っていた中島が腕を組んでうーんと唸る。

「それにしても不思議なこともあるもんじゃのう。ああいうことをする手合いと立ち向かうには、弁護士も対処がなかなか難しいと言っておったのに」

「ねぇ、本当に酷いことされなかった？　無茶なことしなかった？」

　矢田はそう言うと、心配そうにまどかの顔をのぞき込む。

　それに対し、まどかは笑みを浮かべながらぺこりと頭を下げた。

「ご心配をおかけしました。本当に、もう大丈夫です。ね、コウさん」

　洗い場でグラスを洗っていたコウに視線を向けると、コウも首肯で同意する。

　そのやりとりを見て、矢田も納得したようだ。

「まぁ、また何か困ったことがあったらすぐに言ってね。力になるからさ。で、全然話は変わるんだけど……その髪、思い切ったねー！」

　矢田の言葉に、隣に座っていた中島もうんうんと頷く。

大騒動があった翌日、まどかは美容室に行って髪をバッサリと切っていた。

腰の近くまで伸びてしまっていた髪も、今やショートボブに。

失恋して髪を切るなんて自分でも少し古風かなと思わなくはなかったが、気分を一新したかったのだ。

「うーん、やっぱりあんまり似合わなかったかなぁ」

「ぜーんぜん！　前よりかわいらしく見えるし、それになんか顔が明るくなった感じ。ねぇ、中島さんもそう思わない？」

「そうじゃな。前の長い髪も良かったが、今の髪型も良く似合っておるぞ」

「えー、本当ですかー？　お世辞を言っても何にもでませんよー。あ、お代わりはどうします？」

「あ、私はビール……いや、ここは縁日パナシュで！」

「こっちは縁日ハイボールをもらおうかの」

「はーい、オーダー入りまーす。縁日パナシュと縁日ハイボール、ラムネとってきまーす」

まどかは奥の冷蔵庫からラムネを持ってくると、コウに差し出す。

「ねぇ、コウさん」

「ん？」

「あのとき『パートナー』って言ってましたけど、あれってどういう……って、私、何聞いてるの⁉」

心の奥に引っかかっていたことがぽろっと出てしまい、慌てて口を塞ぐ。

気にはなるが、今は仕事中。客もいる前で聞くべきことではなかった。

「ごめんなさい、今の無しで……」

「んなもん簡単だ。俺は大家でお前は店子、仕事上の取引先なんだから『ビジネスパートナー』。それ以上でもそれ以下でも無い」

「あ、ふ、ふーん。そう、いう、こと、なの、ね……」

期待していたのとは全く違う答えに、先ほどまで弾んでいたまどかの気持ちがしゅんとしぼんでしまう。

そして、なんだかやり場の無い怒りがこみ上げてきた。

コウの横を通りながら、まどかが足をブランと振り動かす。

「いってっ！」

「あ、ごめんなさーい。うっかり足が当たっちゃいました。失礼しましたー」

棒読み気味に謝ったまどかが、そのまま横を通り過ぎていく。

そんな二人の様子を小上がりから見ていたトン子が、やれやれとばかりに大きく首を回した。

第四章

chapter four

決別

「んん、もう食べれないぃ……」

秋分の日も過ぎ、徐々に秋が深まっていく頃。まどかは自分の部屋で布団を抱えながら眠りについていた。

一日の中で一番夜も深い時間。時折強く吹く風が窓をガタガタッ、ガタガタッと揺らす。

すると突然、窓の外からドンドンと扉を叩くような激しい音が聞こえてきた。

「きゃっ！」

突然の大きな音に驚き、まどかが布団から飛び上がる。

しかし、すっかり寝入っていたまどかはすぐには動けない。しばらく布団の上で目をパチクリとさせていた。

すると再び、ドンドン、ドンドンと音が響いてくる。

最初は外で何かが倒れたのかとも思ったが、どうにも様子がおかしい。

ようやく意識がはっきりとしてきた頭を振りながら、まどかは窓を開けて下を覗き込んだ。

すると、目に入ってきたのは、庇の下でうごめく、怪しい人影。

彼らは横付けにした真っ黒な軽自動車から何かを取り出すと、店の入り口めがけて次々とそれを投げつけていた。

「だ、だれっ⁉　何をしているの⁉」

あからさまに不審な様子に、まどかが思わず呼び止める。

しかしその人影は、一瞬だけこちらを見上げると、バッと車に乗り込み一目散に走り出していった。

後を追いかけようと、まどかが慌てて部屋を飛び出す。

すると、全く同じタイミングでコウも部屋から飛び出してきた。

「ひゃっ！」

出会い頭にコウとぶつかりそうになったまどかが、避けようとした拍子にドスンと尻餅をつく。

一方のコウもよろめきそうになったものの、尻餅をついたまどかを一瞥するとそのまま階段を駆け下りていった。

（一声ぐらいかけてけー！）

打ち付けた腰に手を当てながら、まどかが心の中で悪態をつく。

しかし、今は緊急事態。悠長に構えてはいられない。

まどかはすっと立ち上がると、階段を急ぎ足で下りていった。

「うわっ、これは酷い……」

一階に下りてきたまどかが目の当たりにしたのは、店の前に散乱しているゴミの山であった。

土やがれきとともにビニール袋や紙くず、さらには割れたガラスや食器の破片らしきものまで混ざっている。油や生ゴミなども混じっているせいか異臭も相当酷いものだ。まどかがたまらず手で口元を覆う。

するとそこに、黒猫姿のトン子が向かいの家の庇からぴょんと飛び降りてきた。

「あ、トン子様！」

「何やら様子がおかしいと夜廻りから駆けつけてみやーたら……こりゃどえりゃあこった」

「本当に……、あ、トン子様、割れ物の欠片が散らばってますので踏まないように注意してくださいね」

「うむ、まどかこそ怪我せんように。ワシはこっちから入るかの」

トン子はコクリと頷くと、ぴょんと庇の上に飛び乗った。どうやら二階の窓から入る算段のようだ。

するとそこに、コウが帰ってきた。

「くそっ……」

コウは一言つぶやくと、ゴミ山からこぼれていた缶を蹴り飛ばす。闇夜の静かな路地にカランカランカラーンと音が響いた。

険しい表情を見せながら珍しく肩で息をしているコウを、まどかがそーっと覗き込む。

「もしかして、追いかけて？」

「ああ、この辺りの路地は分かりにくいんでな、もしかしたらどっかで出くわすかと思ったんだが……まんまと逃げられた」

悔しそうに口元をゆがめるコウ。まどかもまた、ふぅとため息をつく。

「そうですか……。あ、怪我とかはしてません？」

「それは大丈夫だ。そっちこそ、でかい尻にアザでもできたんじゃねえか？」

「うーん、少し打ったぐらいなのでたぶん大丈夫かと……って、コウさん!!　なんて酷いこと言うんですか！」

思わず返事をしてしまったが、よく考えたら酷いことを言われていたことにまどかが気づく。

そもそも尻餅をついてしまったのは出会い頭にコウにぶつかりそうになったから。

それを一言も謝ること無く茶化すとは、この男、いったいどうしてくれようか。

まどかが瞬間で思いを巡らせていると、少女姿となったトン子が階段を下りてくる。

「こらこら、声がでっきゃあわ。ご近所さんが目ぇ覚ましてまう」

「あ、ごめんなさい。でも、トン子様、コウさん酷いんですよー！」

まどかは謝りつつも、頬を膨らませながらコウを睨みつける。

すると、その様子から状況を察したトン子が苦笑いを浮かべた。

「コウがたいがいなのはいつものことじゃ。まぁちょっとマシな家主じゃったら良かったのじゃがのぉ」

「おい、そりゃ言い過ぎじゃ……」

「おみゃーさんがいっつもとろくしゃあこと言うとるのがかんのじゃ！　ほれ、ちゃっと片付けてまやーっ！」

トン子の一喝に気圧《けお》されたのか、コウが一瞬身をのけぞらせる。不服そうに何か言おうとしたが、それもまたトン子の鋭い視線で制された。

そのやりとりに、まどかは少し胸をすっとさせる。

「さて、仕方が無いから片付け始めましょう。とりあえず、ゴミ袋とほうきとちりとり、あと軍手も持ってきますね。コウさんも、トン子様もお手伝いよろしくお願いします」

「無論じゃ。コウも良いな？」

「チッ……当たり前だろ」

　素直に応じるトン子に対し、コウはますます眉間にしわを寄せる。あからさまにご機嫌斜めといった様子だ。もっとも、営業スマイル以外ではコウが機嫌の良いところを見せたことは無いのだが。

　とはいえまどかには、今日のコウの表情はいつになく険しいもののように映っていた。

◇　◇　◇

　部屋に戻ったまどかは、早々に布団に潜り込む。

　横になって目をつむってはみるものの、不気味な事件の後では眠れそうな気配は一切無かった。

　ここに来てから半年ほどが経つであろうか。堀川に飛び込もうとしたあの日、神様を名乗るトン子と出会い、この場所にいさせてもらえたことで、自分は本当に助けられた。紆余曲折はあったものの店の方も順調で、ここ最近は客足も安定している。この街で暮らす常連客たちが何かにつけて支えてくれるのが本当にうれしい。

　何より、コウに家賃と給料をきちんと支払っても普通に暮らせるぐらいには稼ぐことができていることが本当にありがたかった。

そしてここ最近痛感するのが、コウの存在の大きさである。

この場所にやってくるきっかけとなったのはトン子だが、ここに住んで、さらに店を構えることができたのは大家であるコウがそれを許してくれたからに他ならない。

店を立ち上げる時にも、出だしで躓《つまず》いてしまった時にも、繁盛して忙しくなってからも、ずっと助けてくれていたのはコウ。そしてあの時、元婚約者に追い詰められて壊れそうになった自分を救ってくれたのも——。

布団の中でぎゅっと膝を抱えるまどか。

ドキンドキンと鳴りやまない胸の音が自分の体を伝わってくる。

（私、ここにいていいのかな……）

自分はここに来て助けられた。でも、トン子やコウにとってはどうだったんだろうか。

少なくとも自分が来たことで、コウがそれまでの生活を変えることになったのは間違いの無い事実である。一人で自由気ままに暮らしていたであろう彼からしたら、自分の存在など邪魔者以外の何物でもない。

店についてもそうだ。知識も経験も無い自分に代わって、コウはあっちこっちと準備に奔走する羽目になった。さらにはなし崩し的に店の手伝いまでさせられた上、大きなトラブルにも巻き込んでいる。

もし自分がこの古民家にやってこなかったら、きっと彼は静かな生活を送れていたはずだ。そして、今日のこともきっと――。

鼓動が速くなり、ズキズキと胸が痛む。

まぶたを必死に閉じ、いっそう身を縮めるまどか。

真っ暗な闇の中で、いくつもの白い影が自分を見下ろし、クスクスと嘲《あざけ》り笑っているようにまどかには感じられた。

◇◇◇

「ごめんなさい、うっかり寝坊しちゃいまして……」

まどかが階段を下りてくると、柱時計がボーンと一つ鐘を鳴らした。

すっかり日は昇り、土間にはガラス越しに暖かな日差しが注いでいる。

カウンターには、少女姿のトン子がちょこんと椅子に腰をかけていた。

「おー、そろそろ起こそうかしゃんとしゃべっとったところじゃわい」

「ごめんなさい。えっと、そうそう朝ご飯！」

起き抜けでまだ目覚めきっていない頭を必死に働かせると、まどかはやるべきことを思い出す。

するとと、カウンター内の洗い場でコーヒーカップの滴を拭いていたコウが、いつものように淡々と口を開いた。

「いや、こっちはもう済ませた。食パンと玉子、勝手にもらったぞ。右奥のやつで良かったんだよな?」

「あ、コウさんが準備してくれたんですね。ありがとうございます。ええ、そっちのは家用なので大丈夫です」

自分の役目をコウが肩代わりしてくれたと知り、まどかはほっと胸をなで下ろす。

しかし、またコウに迷惑をかけてしまったことを思うと、自分が本当に情けなく感じてしまう。足取りが重くなり、今にも座り込みそうになる。

すると、そんなまどかの気持ちを知ってか知らずか、コウが声をかけてきた。

「そっちは飯どうするんだ?」

「え、あ、あのっ……」

他事に気が行っていたまどかは、とっさに声が出ない。しかし、その代わりに、まどかの腹がぐぅ、と元気に返事した。

これにはさすがにトン子もプッと吹き出してしまう。コウも後ろを向いて声を殺しているものの、その肩は小刻みに揺れていた。

あまりの恥ずかしさに、まどかの顔がカーッと真っ赤に染まる。

コウは大きく深呼吸すると、頬を緩めながらまどかに話しかけた。

「飯、いりそうだな。そこに座っとけ」

「え、あ、じ、自分でやりますから」

慌ててまどかが土間へと降りるが、コウがゆっくりと首を振りながらそれを制する。

「いいから。ついでだ、ついで」

「まぁ、コウが珍しくやる気になっとるんじゃ。たまには甘えときゃーせー」

トン子がにっこりと微笑みながら、隣の椅子をポンポンと叩く。

まどかは逡巡したものの、「それならお言葉に甘えて」と言いながらトン子の隣に腰をかけた。

（そういえば、家で朝ご飯作ってもらうなんていつぶりだろう……）

ここに来てから、朝ご飯を用意するのはまどかの役目であった。元彼と暮らしていた時も朝はずっとまどかが用意していたし、その前は一人暮らしなので当然自分で自分の朝ご飯を用意している。思い返せば、名古屋で暮らし始めて初めて食べる「自分のために作ってくれた朝ご飯」だ。

不思議なくすぐったさを感じながら、まどかはコウの手元をじっと見つめる。

既に食材は下ごしらえが済んでいるようで、コウはそれらを食パンに載せ始めた。

マヨネーズを塗ったパンの上にスライスしたカルパスとピーマンを散らし、ケチャップをザーッとかける。さらにその上からチーズをかぶせると、予熱済みのオーブントースターに入れた。

焼き上がりを待つ間に、コウは牛乳をマグカップに注ぐ。

それを電子レンジに入れると、まどかに声をかけた。

「そこのうまい棒一本取ってくれ。コンポタがいい」

「え？　これです？」

言われた通り、コーンポタージュ味のうまい棒を渡すと、コウは袋を開ける前にドンドンドンと叩いて中身を潰してしまう。まどかが目をパチクリとさせていると、レンジからピーッと出来上がりの合図が鳴る。コウがマグカップを取り出すと、勢いよく湯気が立ち上っていた。

するとコウは、袋をベリッと破き、粉々になったコーンポタージュ味のうまい棒をその中に入れる。そしてさっとかき回すと、上にパセリのパウダーを振りかけた。

そうこうしている間にオーブントースターからもチーンと音が鳴る。焼き上がったトーストを皿に盛り付けると、最後にゆで玉子を添えてまどかの前に差し出した。

「どっちも熱いから気をつけろよ」

「すごい、めっちゃ手がかかってる……」

コウが作ったのはピザトースト。表面が軽く焦げたチーズがふつふつとしていて、いかにもアツアツで美味しそうだ。

それに、砕いたうまい棒を溶かして作ったスープも気になる。どんな味なのか想像がつかない。

どちらから手をつけようかと迷ったままどかだったが、先にスープで口を湿らせることにした。

黄色みがかったスープを掬《すく》うと、ふーっふーっと息を吹きかけてから口へと運ぶ。

「えーっ！　これ、めっちゃコンポタの味だ！」

少し油っぽさはあるが、その味わいはまさにコーンポタージュスープそのもの。砕きれなかったうまい棒の欠片がちょうど良いアクセントになっている。

コーンの甘みと牛乳の味わいが合わさり、とても美味しいスープに化けていた。砕きれなかったうまい棒の欠片がちょうど良いアクセントになっている。

続いてピザトーストにも手を伸ばすと、チーズがビヨーンと糸を引いた。それをこぼさないように注意しながら頬張ると、焼きたてのアツアツな熱気が口の中に広がった。

「あふっ、あ、へほ、ほれ、ほいひぃ！」

「口の中が片付いてからしゃべれ。ったく……」

コウがあきれ顔を見せながら、ポットのお湯をコーヒードリッパーに注ぐ。

最初は粉の上にちょんと載せる程度、次に全体がふんわりと湿る程度にお湯を入れ、そして静かにゆっくりとお湯を落とす。その所作は、なんとも洗練された雰囲気に満ちていた。

「はー、コーヒーを淹れるのも男前とか……。もしかして、ここって最初からカフェにした方が流行ったかも？」

ピザトーストを頬張りながらつぶやくまどか。真剣な面持ちでコーヒーを淹れるコウの姿は、元の素材の良さとも相まって思わず見惚れてしまうほどである。実際、『るーぷ』でもコウを目当てに通う女性客も少なくなく、ふとそんな可能性がよぎってしまうのも自然なことであった。

しかし、当の本人はそういうことには全く興味が無いようだ。まどかのつぶやきを一刀両断にぶった切る。

「めんどくさい。そもそも、ここは俺の店じゃねえ」

「ですよねー」

きっとコウならそう答えるだろうと思っていた通りの言葉に、まどかはこっくりと首を縦に振るとペロッと舌を出した。

朝ご飯の終わりにコーヒーを楽しむまどか。カップを傾けるとふわっと良い香りが鼻をくすぐった。

コウが淹れたコーヒーは、自分が淹れたものよりも少しだけ苦め。でも、その苦みがコウらしい。たまにはおねだりしちゃおうかなと、カウンターの向こうで食器を拭いているコウの顔をまどかがそっとうかがう。

するとその視線に気づいたコウが、まどかの目をじっと見つめ、一拍置いてから口を開いた。

「一杯百万円な」

「高っ⁉　ってか、私、まだコーヒー飲みたいって言ってませんよね⁉　なんで分かったんですか！」

「顔に思いっきり書いてある。ったく、今日は寝坊したお前の代わりにやってやっただけなんだからな」

「えー。あ、でも、もしかして、寝坊したらまた作ってくれるってことです？」

「断る」

にべもなく会話を断ち切るコウ。年下らしく、もう少し年長者を立ててくれれば可愛さも出てくるのにと、まどかは頬を膨らませる。

とはいえ、そんな年下のコウに頼りっぱなしであることもまた事実だ。確かにコウは経験豊富で機転も利く。口は決して良い方ではないが、間違ったことを言うことはない。営業スマイルと自分に向ける態度のギャップが大きいのが少々気にはなるが。

そして曲がりなりにも年上の自分はちゃんとコウの役に立っているんだろうか。ただの重たい荷物になっていやしないだろうか。

そう考えると、また心の中にモヤモヤが広がってくる。

するど、まどかの太ももにポンポンと温かな感触が伝わってきた。

「一つ一つのことを気に病みすぎたらかん。まどかは十分ようやっとらっせる」

「本当、ですか?」

嫌な返事だなと思いつつも、まどかの口から言葉がこぼれる。

しかし、そんな言葉にもトン子は目を細め、こっくりと頷いた。

「ああ、ようやっとらっせるよ。そもそも、コウがわざわざ朝飯を作るなんて、まどかがここにいりゃあすまでは考えもせなんだわ。ちゃんと働くようになったんもまどかのおかげ。まどかがおらなんだら、まだまだ更生しとれせんかったはずじゃ」

「ちょっと待て、それじゃあ俺が社会的不適合者だったみたいじゃねえか」

聞き捨てならないとばかりに、コウが文句をぶつける。

しかし、その程度のことではトン子は動じない。むしろ、滔々と反論する。

「ここに来たっきり自分では一歩も動こうとせなんだのはどこのどいつじゃったかのぉ?　ワシが何遍も言うても、自分の身の回りのこともろくすっぽやりゃーせんと、引きこもってばっかだったでにゃーか」

「チッ」

矢継ぎ早に飛び出すトン子の言葉に、コウが思わず舌打ちをする。

一方のトン子は、勝ち誇ったように胸を張った。

「まぁ、まどかからは見えんのかもしらんが、ちゃんとおみゃーさんはコウの役に立っとるよ。無論、ワシもまどかが毎日ちゃーんと掃除しとるもんで、居心地よう過ごせとるわ。いつもありがとうな」

「い、いえ、こっちこそありがとうございます。ちょっとほっとしました」

トン子の言葉に励まされ、まどかは心のモヤモヤが少しだけ軽くなったように感じられた。

ふと顔を上げると、カウンターの向こうでふてくされているコウの姿が目に入る。

珍しく感情を表に出したその姿は、少しだけ可愛げがあるようにまどかには映った。

◇　◇　◇

「おねーちゃーん、まったねー」

「はーい、転ばないように気をつけて帰るんだよー」

〝たまり場営業〟に集まっていた子供たちをいつものように見送ると、まどかは暖簾をそっとかける。一服したら夜営業。夏の一件の影響もほとんど薄れ、最近は早めの時間から足を運んでくれる客も増えてきていた。

今日も無事平穏な営業でありますように。庇の上に置かれた祠にそっと手を合わせると、まどかは店内へと戻る。

「あれ？　コウさんまだかな？」

子供は苦手だと公言するコウは、午後の〝たまり場営業〟の際には二階に上がって自室で過ごしており、子供たちが帰る頃を見計らって一階の店へと下りてくるのがいつものパターン。しかし、今日はそのコウの姿がまだ見当たらない。ここ最近には無かったことだ。

部屋に様子を見に行こうかと考えたまどかだが、昨晩の騒ぎでもしかしたら昼寝でもしているのではないかと思い、まぁいいかと、夜営業の支度を再開する。

ちゃんと給料を払っているとはいえ、もともとコウの好意で手伝ってくれているだけのこと。コウが疲れているのなら、一人で頑張るのが当然だ。幸い、今日は週の前半。いつものペースならそれほど混み合うことも無いだろう。

「そんな風に考えていた時もありました……」

夜営業が終わった『るーぷ』では、まどかがカウンターに突っ伏していた。何の因果か、今日に限って予想を遥かに超えるたくさんの客で大賑わい。一人で切り盛りするまどかはてんてこ舞いであった。見かねたトン子が手伝おうとはしてくれたものの、黒猫の姿ではもちろんのこと、少女の姿であってもお酒を扱う店の営業を手伝わせる訳にはいかない。結局、矢田や中島にまで料理やお酒を運ばせてしまうことになってしまい、申し訳ない気持ちで一杯になる。

気持ちのやり場に困り、はぁと大きくため息をつくまどか。

すると、少女姿になったトン子がいたわるように頭をなでた。

「しっかし、コウも薄情もんじゃな。こんなえりゃー日に手伝わんと」

「いえいえ、いつも甘えてばかりなのはこっちですし。昨日の夜もドタバタでしたから、疲れたんでしょう」

「うーむ気になる。ちょっと見てきゃーすわ」

「あ、トン子様！」

そっとしておいてあげて欲しい、そう思ったまどかだがヘトヘトの体は動かない。トン子を止めることもできず、階段を上がっていくのをただ見送るしか無かった。

「やっぱ私、全然ダメだなぁ……」

誰もいなくなった店内で、まどかがポツリと愚痴をこぼす。

自分がコウをどれほど頼りにしていたのかを改めて痛感していた。

また、はぁ、と大きなため息がこぼれる。片付けをする気力も湧いてこない。

するとドタドタドタドタッと階段を駆け下りる音が聞こえてきた。

「まどか、大変じゃ！　コウがおらせん！」

血相を変えて下りてきたトン子の言葉に、まどかが驚き立ち上がる。

「えっ⁉　い、いない⁉」

あまりの勢いに、椅子がガランガラーンと土間を転がった。

「部屋のどっこにもおらせん！　あやつ、一体どこへ……」

コウの姿を最後に見たのは、少し遅めの昼食を三人で一緒にとったとき。食事の後、コウはすぐに部屋に戻っている。午後からはまどかもずっと店にいたので出かけるのなら気がつくはずだ。

そのとき、まどかはふと思い出す。今日は朝寝坊してしまったので、いつもなら午前中に出かけている菓子問屋への仕入れが午後にずれ込んでいた。そのため、午後からは半時ほど店を空けた時間があり、その間にコウが出かけた可能性は残っている。

とりあえず連絡をとってみようと、まどかはスマートフォンを取り出す。

通話アプリを立ち上げ、コウの連絡先をタップする。しかし、呼び出し音は鳴るものの、一向に出る気配はなかった。

「うーん、つながらないですねぇ……」

赤いマークをポチッと押しながら、まどかが首をひねる。

トン子もまた眉間にしわを寄せ、落ち着かない様子で小上がりを歩き回っていた。

しかし、まどかは思う。コウは子供ではない。別にどこかへ出かけていたとしても本来なら問題ないはずである。一つ屋根の下で暮らしているという点では出かける時に一言声をかけるなり書き置きなりしておいて欲しいというのは確かだが、それもあくまでもマナーの範囲内のことだ。

とはいえ、普段落ち着いているトン子がこれだけ慌てていると、やはりまどかも心配になってくる。まどかは敷台に腰をかけると、靴を脱いだ。

「私、もう一度上を見てきますね」

もしかしたらどこかにメモが落ちているかもと考えたまどかが、階段を上っていく。

コウの部屋をそっと覗くが、やはり誰もいないようだ。

「ちょっとだけ、お邪魔します」

コウの部屋の明かりはついたままだった。少し雑然とはしているが、特にメモらしきものが落ちている様子は無い。廊下や自分の部屋の入り口付近も見てみるが、それらしきものが落ちているということはなかった。

手がかりになりそうなものも見つからず、階段を下りようとするまどか。

すると、階段の手前にある一枚の扉が気になった。

「まさか、ね……」

まどかがぐいっと引っ張ると、抵抗無く扉が開く。

そして扉の向こうで目にしたのは、バスタオルで無造作に頭を拭いている、しっかりと引き締まった筋肉を持つ青年の裸体であった。

「あ……お邪魔しました」

ぎこちなく笑いながら、そーっと扉を閉めるまどか。

「……お、ま、え、なーっ！」

背後からコウの怒鳴り声が聞こえてきたのは、その直後のことであった。

◇　◇　◇

「ったく、ホントいい加減にしろよ」

寝間着へと着替えたコウが、バスタオルで髪の滴を拭いながら口をとがらせる。

小上がりでは、まどかが畳に両手をついていた。

「一度ならず二度までも、重ね重ねお詫び申し上げます……。って、ちょっと待って、なんで私ばっかり謝らなきゃいけないの！　使ってるんだったらちゃんと鍵をする約束でしょ⁉」

風呂場へと続く脱衣場は、まどかのたっての希望で簡易のものではあるが内側から鍵を閉められるようにしていた。コウを信頼していない訳ではなかったが、事故防止のための措置である。

「いちいち鍵をかう《かける》なんてめんどくせえ。てか、そっちこそちゃんとノックしろよ」

「そ、それを言われると……」

コウからの冷静な再反論を受け、まどかの勢いが急速にしぼんでいく。

すると、二人の間に座ったトン子がまぁまぁととりなした。

「ワシの早とちりがまどかを焦らせてまったのがかんかったんじゃ。申し訳にゃあ」

「いいえ、トン子様が謝ることじゃ。私がもう少し気をつけ……いえ、その前にコウさんがちゃんと鍵さえ閉めてくれていれば」

「まだ言うか」

「見せられた私の身にもなってください！」

珍しく勢いがついたまどかの言葉に驚いたのか、コウが身をたじろがせる。

トン子はやれやれと言わんばかりの苦笑いだ。

「まぁ、ともかく。コウは部屋におったっちゅうこっちゃな」

「ああ。手伝わんかったのは悪かったが、ちょっとこっちもやることがあってな」

「やること？」

てっきり部屋で休んでいたとばかり思っていたまどかが、きょとんと首を傾ける。

するとコウは、首をコキコキとならすと、ゆっくりと話を切り出した。

「ああ。近々、俺はここを出ようと思っててな。で、荷物を整理してたんだ」

「え？」

話の意味が全く分からず、目をパチクリとさせるまどか。

それはトン子にとっても寝耳に水の言葉だったようだ。

「ちょっと聞き捨てならんな。コウ、我との〝契り〟を忘れた訳じゃにゃあよな？」

「ああ、もちろん覚えてる。この家と屋根神の祠を護る、それが契りだ」

怒りをなんとか抑えたようなトン子の問いかけにも、コウは表情を変えること無く淡々と答える。

すると今度はまどかが口を挟んだ。

「でも、それがコウさんとトン子様の契りなら、ここを出て行くことなんて……」

「俺がここにいることで契りを果たせない、としたら？」

まどかの質問にかぶせるように答えるコウ。

そんなこと、と言いかかったまどかだが、コウのあまりに鋭い眼差しに言葉が押し戻された。

一瞬の沈黙の後、今度はトン子がコウをじっと見つめる。

「さすがにその言葉だけじゃ足らせん。ちゃんと最初から説明せんと、分かったとは言うたれんぞ」

「そうですよ、私にもちゃんと分かるように説明してください」

トン子に並んで、まどかもざっとコウに詰め寄る。

コウはうつむきポリポリと頭を掻くと、ふぅと大きく息をついてからゆっくりと口を開いた。

「昨晩の騒動、原因はおそらく俺だ」

突然の告白に絶句するまどか。隣に座るトン子も大きく目を見開くばかりだ。

驚き固まる二人をよそに、コウが話を続ける。

「トン子、お前は俺がここに来た理由、知ってるよな？」

「あ、ああ。前にやっとった店を事情で閉めることになったもんで、管理を任されとるここで暮らすことにした、と言うとりゃーしたな」

「そう。そしてあの雑な嫌がらせ、アレはどう考えても俺に対するものだ」

「えっ、えっ、ええっ⁉」

驚くことが多すぎて、まどかが何度も前につんのめる。

とはいえ、驚いていても始まらない。とにかくコウから話を聞かなければ分からないことだらけだ。

まどかは一度深呼吸をすると、コウの話に耳を傾けた。

コウはかつて、新進気鋭のバーテンダーとして業界で一目置かれる存在だった。斬新な発想に加え類稀《たぐいまれ》なるカクテルの技術を武器としてめきめきと頭角を現したコウは、コンクールを次々と勝ち抜いていく。甘いマスクと軽妙洒脱なトークで多くの客の心も捉え、その名声をほしいままにしていた。

その後コウは独立し、自分の店を持つ。順風満帆、さぁこれからという時に一つの事件がおこった。

「忘れもしないあの日。俺はいつものように夜中まで店をやり、片付けをして店を出た。で、店を出てしばらくしたら、背中から妙な気配がしてたな」

「妙な気配？」

まどかが聞き返すと、コウが真剣な眼差しでコクリと頷く。

「ああ。後をつけられてるような、そんな薄気味の悪い気配だった。で、振り向きざまに『誰かいるなら出てこい』って言ったんだが、そこに現れたのが……あの馬鹿だった」

コウはそう言い切ると、ぐっと唇をかみしめる。まどかもトン子も、ゴクリと息を呑み込んだ。

「そこにいたのは同業者。少し前にあったコンテストにも出場していたバーテンダーの一人だ」

「バーテンダーということは、お仲間ですか？」

　素朴に質問をするまどかだが、途端にコウが険しい表情を見せる。

「同業ではあるがあんなヤツと一緒にされたくはないな。昔はカクテルコンテストの優勝常連だったらしいが、俺がコンテストに出るようになってからは一度も優勝してない。もっとも、俺がいつも優勝してたって話ではあるんだがな」

「う、うわぁ……」

　その同業バーテンダーの気持ちをなんとなく察してしまい、まどかは思わず変な声を漏らしてしまう。

「まぁ、実力の世界で優劣がつくのは仕方が無いこと。負けるのが悔しかったら腕を磨けってだけの話だ。だが、アイツはそうしなかった」

「えっ？」

「コンテストのあの日、俺の酒に細工をしてたんだよ。そのまま作ったら不味くてとても飲めなくなるような、下らん細工をな」

「何それ、そんなの不正じゃないですか！」

　憤るまどかに、コウがコクリと頷く。

「まぁ、バレバレの細工だからすぐに気づいた。で、その日も俺が優勝。結果発表の時にそいつは随分驚いた顔をしてたなぁ。とはいえ、向こうの方が業界では先輩。だからコンテスト後のパーティーで『先輩、ぜひカクテルを教えてください』って頼んだんだよ。そいつが細工した酒を渡しながらな」

にやっと笑みを浮かべるコウ。その向かい側でまどかが冷や汗を垂らす。

するとまどかの心を察したのか、コウがコクリと頷いた。

「今思えば少しやり過ぎだったんだろうな。まぁ、俺もまだ若かったし、変な正義感があったってところだな。ともかく、同業者もカクテルファンも大勢いるパーティーの席上でめでたく俺に恥をかかされたその馬鹿は、暗い夜道を一人歩く俺を襲ってきたって訳だ。もちろん俺も黙ってやられる訳にはいかんからな、結局路上での乱闘騒ぎとして通報されて、二人揃って仲良く警察の世話になるはめになったんだよ」

「そりゃーどえりゃーこった。しかし、相手はともかく、おみゃーさんはただの被害者でにゃーのか？」

トン子の素朴な疑問に、コウがコクリと頷く。

「ああ、後から調べた警察はちゃんと分かってくれた。しかし、この事件がきっかけで、俺は結局店を畳まざるを得なくなったんだ」

「えっ？　何でです⁉　コウさんが何かした訳じゃないじゃないですか！　理屈が合いません」

あまりに理不尽すぎる話に憤るまどか。しかし、コウは首を横に振る。

「いろいろめんどくせえことがあるんだよ。お前だって、散々理不尽な目に遭ってきたじゃねーか」

「そ、それを言われると……」

痛いところをつかれてしまい、まどかは全く反論ができない。

確かにコウの言う通り、まどか自身ほんの少し前までは理不尽極まりないことに巻き込まれてばかり。自分がどれだけ真っ当に生きていても、酷い目に遭うことなどいくらでもあるのは身をもって実感してしまっていた。

ぐうの音も出ず黙り込むまどか。

すると、トン子が横から口を挟む。

「しかし、そんな事件なら犯人が捕まっとらっせるんじゃろ？」

トン子の指摘に、コウがゆっくりと首を横に振る。

「懲役二年執行猶予三年、あと罰金がいくらかだってよ」

「じゃ、じゃあその犯人は……」

「業界は追放された。あとはそれっきりだ」

コウは一度天井を見ると、ふぅと大きく息をつく。

その瞳はなんとも寂しげなものであった。

沈黙が場を支配し、重苦しい雰囲気に包まれる。

それを打ち破ったのはトン子であった。

「まぁ、過去の話は分かった。さりとて、ここを出るというのは少々結論が早うにゃあか？」

「そう、それですよ！　今回のことは関係ないじゃないですか！」

トン子の言葉にまどかも重ねて声を上げる。

しかし、そんなまどかの言葉をコウは頭ごなしに否定した。

「ＳＮＳか噂話かなんかでまた俺が店に立ち始めたって知ったら、必ずアイツは嫌がらせに来る。そういう陰湿で馬鹿なヤツなんだよ」

「そんなの分かんないじゃないですか！　ていうか、嫌がらせしてきそうな人だったら私にだっていますし！　あーもう、どうしてあんなヤツの事がいいなんて思ってたんだろう！」

思い出してしまった元彼の顔に、まどかの心が煮えくり返る。

とはいえ、元彼ならほとぼりが冷めた頃に嫌がらせしてきそうな可能性は高いとまどかは考えていた。

自分が欲しいものが思い通りに手に入らず、しかも男の前で大きな恥をかかされたとあっては、下らない嫌がらせの一つや二つ、平気でやりかねない。

しかし、そんなまどかの心配をコウが明確に否定する。

「それは無い。あいつの首根っこはしっかり押さえてある。もう二度とここには近づかんだろう」

「そんなこと分かんないじゃないですか！」

「いいや、あいつは二度とお前に近づかない。それはあの時きっちり言い含めた」

そういえば、あの時コウはあの男の耳元で何かささやいていた。そして、コウの言葉を聞くと顔を真っ青にして飛び出していったように覚えている。

いったい何を……と聞きかけたまどかだったが、コウがにやっと口角を持ち上げているのを見て質問を呑み込んだ。詳しく聞いたらダメな類の話のようだ。

すると、なぜかトン子がコウの言葉に同意するようにうんうんと頷き始める。

「まどかの心配は分かるが、それは大丈夫じゃ。よからぬ事をすれば必ずその報いを受ける。因果応報というやつがあるからの。あやつはここにはよう近づかせんわ」

「あ、は、はい……」

トン子の微笑みに、まどかはコクリと頷くしか無かった。こちらも深く聞かない方が良さそうだ。

しかし、コウとトン子の両方から『対策』がされているなら、それを押し破ってまであの男がちょっかいをかけてくるとは考えにくい。虚勢は張るが、所詮は小心者。

自分の力では敵《かな》わないと知れば、決して近づこうとはしないタイプの男だ。

まどかはうーんと腕組みをする。ちらっとコウを見上げると、サバサバとした表情を見せていた。

「まぁ、これで分かっただろ。俺がここにいるとあの馬鹿に知られた以上、俺がここにいる限り、嫌がらせが続くってことだ」

「で、でも！」

「でも、じゃない。まどか、お前の店に迷惑がかかるんだぞ。それにトン子との契りだって果たせない。俺はお前らにとって疫病神なんだ」

「疫病神ってどういうことですかー！」

血相を変えたまどかがバーンと畳を叩く。

あまりの剣幕に、コウもトン子も一瞬身をたじろがせた。

「疫病神は私の方です！　言葉に甘えて転がりこんでから、コウさんにもトン子様にも迷惑かけっぱなしです。いつも頼ってばっかりで、厄介ごとばっかり増やして……。それに、もしコウさんの言うことが正しいとしても、やっぱり私のせいです！　だって、コウさんに甘えてお店を手伝ってもらったから、そのナントカいう人にばれちゃったわけですし……」

「そんなことは無い。手伝ったのは俺の意志。なんならそういうリスクを隠して手伝ってたんだから」

「違います。私です。私が悪いんです！　だから、私がここを出て行けば良いんです！」

「はぁ？　じゃあこの店どうすんだよ！」

「お店にかかったお金は一生かかっても全部お返しします！　もう、これ以上コウさんに迷惑かけられません！」

「だからお前のせいじゃないって言ってるだろ……」

「だーっまらっしゃい!!」

激しく言い合う二人の間に、ひときわ大きな声が飛び込む。

はっと気づくと、トン子が顔を真っ赤に染めて仁王立ちしていた。

「二人とも何をとろくしゃーことぬかしとりゃーすか！　まどか！　コウがこれまでひとっことでも『迷惑』だってゆーとったか！」

「そ、それは……」

トン子のあまりの剣幕に、まどかは思わず小さくなる。

すると今度はトン子の矛先がコウに向いた。

「コウもコウじゃ！　確かにおみゃーさんのことを恨んだり妬んだりしとるもんがおるかしゃん。じゃが、おみゃーさんはそこまで恨まれるようなことでもしたんか!?」

「い、いや、まぁ、それは……」

コウもまた、まどかと同じように身を縮ませる。

トン子はフンと鼻息を鳴らすと、ふーっと大きく息を吐いた。

「まどかもコウも、おみゃーさんたちがここまで真っ直ぐやってきたんはワシがようわかっとる。じゃが、世の中には理不尽なことがあるんもまた事実じゃ。それでも、真っ直ぐやっとれば、必ずええことが巡ってくる。因果応報、悪いことをすれば悪い結果が、良いことをすればいっつか良いことが巡ってくるんじゃ。ま、こりゃ仏んやつの受け売りじゃがの」

最後の一言にどこか引っかかりを覚えたまどかだが、そこは突っ込んではいけなそうだ。言葉を呑み込むようにコホンと小さく咳払いする。

正面にいるコウを見ると、彼も神妙な面持ちでトン子の言葉を聞いていた。耳の痛い話ではあるが、今はきっと同じ気持ちであろう。

「つーことで、まどかもコウもここを出て行く必要はにゃあ。いや、ワシが許すまでここを出て行くことはまかりならん。二人に対する契りに追加じゃ」

トン子はそう言うと、にかっと笑みを浮かべ、小さな小さな小指を二人にそっと差し出した。

まどかは一度頷くと、トン子の小指にそっと自分の小指を絡める。

そしてコウをちらっと見上げると、渋々といった様子ではあったが同じように小指を絡めた。

するとまどかが空いている手をそっとコウへ差し出す。

「なんだこれは?」

「んー、ごめんなさい? いや、ありがとうなのかな……? うーん、正直私にも分かりません。でも、なんとなくこうした方が良いかなと思って」

「なんだそりゃ。訳分かんねえ」

脈絡の掴めないまどかの言葉に、コウが嫌そうに眉間にしわを寄せる。

しかし、まどかがもう一度にこっと微笑むと、やはり渋々といった感じで、そっと小指を絡めた。

◇　◇　◇

その後の相談の結果、屋根神であるトン子が二度と嫌がらせをされないようにしっかりと見張ると約束をしてくれた。

寝ずの番になることが心配になったまどかだが「ワシを何だと思うとる。これでも神の分体じゃぞ。別に夜に眠らんでもなんともあらせん」という力強いトン子の言葉にほっと一安心。枕を高くして、とまでは言わないが、ゆっくりと眠りにつくことはできていた。

そして一週間ほどが経った頃、まどかがカウンターでお昼ごはんの片付けをしていると、扉をコンコンと叩く音が聞こえてきた。

「ごめんくださーい」

「はーい、少々お待ちをー」

まどかが扉を開けると、そこにいたのはスーツ姿の一人の男性だった。

見覚えの無い男に目をパチクリとさせていると、その男が丁寧にお辞儀をする。

「ああよかった。私、民間の警備会社のものなのですが、ちょっと最近この辺りで物騒な事件が多発しておりまして、そのことについてちょっとお話をさせていただきたくお邪魔した訳なんですが……」

滔々と語る男の話に、まどかがつい返事をする。

「事件、です？」

「そうなんです、事件なんです。あれ？　そのお顔、もしかして心当たりが……？」

「え、ええ、実はこの家の周りにゴミを撒かれまして……」

まどかがそう言うと、男はうんうんと大きく頷いた。

「あちゃー、お宅もですか。そういう下らない嫌がらせがこの界隈にすごく増えてるんです。本当に厄介ですよねぇ。うんうん」

「ええ、うちは今のところ一度だけなんですが……」

「あー、それ危ない、すっごく危ないです！」

「えっ⁉」

急に真剣な表情でつぶやき始めた男に、まどかが目を白黒とさせてしまう。

するとと男は、眉間にしわを寄せ、悲しそうな表情で口を開いた。

「いや、うちの経験上、こういう輩は放置しておけばどんどん犯罪をエスカレートさせてくるんですよ。二度あることは三度ある、三度あることは十度あるってよく言うじゃないですかー」

「は、はぁ」

後半は初耳だなと思いながらも、まどかは耳を傾け続ける。

その時、男が急にぐっと顔を近づけてきた。

「でも、警察は全然動いてくれないでしょ？」

「え、ええ……」

先日の嫌がらせについて警察には届けたものの、捜査も通り一遍のものにすぎず、あまり真剣に対応してくれているようには思えなかった。近くの交番からの見回りは増えているようだが、それも微々たるもの。また同じような嫌がらせに遭わないかと心配がつのり、夜もなかなか熟睡できない日々が続いていた。

迷いを見せるまどかに、男がたたみかけるように言葉を並べる。

「そこで、警備会社です。店の前に設置した防犯カメラが異常を検知したら、すぐさま近くの警備員を呼び出して犯人を逮捕。これで夜も安心して眠れること間違いなし。今なら、初期費用半額で、防犯カメラも一台レンタルサービスですよ。ささ、善は急げ。いますぐ契約ですよ」

「ちょ、ちょっと急にそんなことを言われても……」

ぐいぐいと押してくる男の勢いに圧倒されるまどか。

すると男は「防犯カメラをつけるならこの辺がいいですかねー」と言いながら鞄からゴソゴソと何やら器具を取り出し始めた。

その行動にまどかが困惑していると、後ろから不意に声がかけられた。

「おい、何やってんだ？」

突然現れたコウの姿に、男が一瞬鋭い視線を送る。

しかしすぐに笑顔を見せると、いったん手を止めて深々とお辞儀をした。

「あー、これは旦那様でいらっしゃいましたか？　いえ、奥様が最近物騒で不安だということなので、私どもと警備の契約をさせていただきまして……」

「いえ！　まだ契約はしてません！」

「ええ？　でも、さっき契約ですって言いましたよね？」

「契約するなんて言ってませんし！」

「それは横暴です！　とにかく、困ります！」

ああ言えばこう言うという男の態度に、まどかも負けじと言い返す。

するとと、会話の成り行きを見守っていたコウがふふっと笑みを浮かべた。

「まぁ本当にひでえ話だよなぁ。車で乗り付けてゴミ撒き散らして逃げるなんて」

「全くです」

「それもあんなに大量に。いやー、片付けるの難儀したよ」

「だからこそ警備が重要な訳でして……」

「でもさぁ、犯人も馬鹿だよなぁ。ゴミん中にバカラのグラスやら古伊万里の皿やら混ざってたのに気づかないなんてさぁ」

「えっ？　全然気づかんかった！」

声が思わず揃ってしまい、まどかと男が顔を見合わせる。

するとコウが、にやっと口角を持ち上げた。

「まぁ、ウソなんだけどな。ところで、一緒にゴミを片付けていたまどかはともかく、なんでそちらさんまで？」

「そ、それは、そのっ……」

コウの言葉に、男がみるみるうちに震え出す。動揺を隠せないのは明らかだ。

あまりの動揺に鞄を落としてしまい、男が慌てて拾い上げる。

するとまどかが、目をパチクリさせながら男に声をかけた。

「あれ？　この頭、よく見るとどこかでお見かけしたような……」

「え？」

「あ、そうそう！　あの時ゴミ撒き散らしてたヤツ、ちょうどこんな頭でした！　上から覗いてたからよく覚えてます！」

「そんなばかな！　だってあの時は帽子をちゃんとかぶって……あっ⁉」

うっかりこぼした言葉に気づき、男が慌てて口を押さえる。

するとコウはまどかに向けてコクリと頷き、男の肩をポンと押さえた。

「さて、お話聞かせてもらいましょうか」

◇　◇　◇

いつも通りの平穏を取り戻した『るーぷ』にやってきた矢田がまどかに話しかける。

「ねぇ、聞いた？　最近この辺りを荒らしてた詐欺グループが捕まったって話」

「えっ？」

どこかで聞いたような話に驚くまどか。

しかし矢田は、その返事を初耳の意味で捉えたようだ。

「あー、お仕事してたら夕方のニュースなんて見れないもんね。えーっとどっかに記事無いかなぁ……」

矢田は鞄からスマートフォンを取り出すと、Ｗｅｂサイトを検索し始める。そして、地元テレビ局のニュースページに記事が載っているのを見つけた。

「あったあった。これよこれ」

矢田からスマホを受け取ると、まどかは記事の内容に目を通す。

「捕まったからいいものの、危ない話よねぇ。しかもコイツ、新聞とかテレビとかのニュースで取り上げられたところばっかり狙ってたんだってさ。ここもテレビに出たことあるから、もうちょっと捕まるのが遅かったら狙われてたかもしれないわね。あー、もう、ホント捕まってよかったー！」

くるくると表情を変えながら矢田が早口でまくし立てる。

一方のまどかは、当事者でしたとは言えないまま乾いた笑いを浮かべていた。それを見た小上がりの黒猫トン子が、にゃあと一つ鳴いている。

矢田がぐいっとグラスを空けると、まどかに元気良く突き出した。

「さて、お代わりちょうだい！　ジャパニーズプラム《梅》リキュール《酒》のホットウォーター《お湯》割りでー！」

「もー、あんまり飲み過ぎたらダメですよー」

ご機嫌な矢田をたしなめつつ、注文を聞くまどか。

そしてドリンクの注文をコウに伝えながら、そっと耳元でささやいた。

「結局二人とも最初の予想は外れてましたね」

その言葉はフンという荒い鼻息で一蹴されてしまう。それでも、コウもまた少しだけほっとしているようにまどかには感じられた。


そして明くる朝。まどかがいつものように朝食後の後片付けをしていると、コンコンと扉をノックする音が聞こえてくる。

「はーい、どちらさまでしょうか？」

「朝早くに失礼します。コウ……、寺畑高は在宅でしょうか？」

「あ、はい、今はお部屋にいるかと思いますが……えっと、どちら様でしたでしょうか？」

コウへの来客は珍しい、というよりもまどかがここに来てから初めてのことであった。しかも、コウを呼ぶ物言いがなんだか微妙に引っかかる。

まどかは首をかしげていると、ちょうどコウが一階へと下りてきた。

「あ、コウさん。どなたかお客様みたいなんですが……」

「コウ、そこにいるのか？　いるなら開けなさい」

会話が外まで聞こえていたのか、扉の向こうの人物が再び声をかけてくる。

どこか威圧感を覚える雰囲気に不安を覚えるまどか。ふとコウを見上げると、コウの顔がみるみるうちに険しいものへと変わっていった。

コウはすぐに鍵を開けると、乱暴に扉を開く。

「久しぶりだな、コウ」

そこにいたのは、コウとよく似た、しかしコウよりも一層落ち着きのあるスーツ姿の男性であった。

第五章
chapter four
克服

「いったい何の用だ……？」

扉の向こうにいた、自分によく似た容貌の男を、コウがギッと睨みつける。

剣呑な雰囲気の二人に気圧され、まどかは一歩も動けない。

すると、その足下に黒猫の姿のトン子がすり寄ってきた。

まどかは一度しゃがむと、黒猫トン子を抱きかかえる。

「そっちは？」

フンと顎でしゃくるように、男がまどかを一瞥する。

「この店の店主だが？」

「ほう。で、食い物屋に猫、と。ま、ネズミ除けにはいいのかもな」

「ちょっ、この子はただの猫じゃ……！」

どこか癇《かん》にさわるその男の物言いに、まどかがつい反論しそうになる。

しかしその言葉は、コウが途中で遮った。

「調理場に入れてないし、保健所の許可も取ってある。何か不都合でもあるか？」

「いいや。俺には関係ないことだしな」

男は小さく首を振ると、再び睨むようにコウへ視線を向ける。

「さて、長居しても仕方が無い。手短に要件のみ伝える。近日中にここは明け渡してもらうことに決定した」

「へ？」

あまりに突拍子も無い言葉に、まどかの目が点になる。

明け渡し、すなわち土地や建物から立ち退くこと。

つまり目の前の男は、この店を無くし、ここから出て行けと告げているのだ。

「詳しくはそこにいる男に聞くが良い。スケジュールおよび仔細は別途伝える。では、早々に準備しておけ」

男は淡々と話を続けると、くるっと踵を返し足早に去って行った。

その男がいた場所を、コウがじっと睨み続ける。

状況が全く飲み込めないまどかも、その場で立ち尽くすばかりだ。

「まーいっぺん、話を聞かせてもらおうかしゃんね」

黒猫トン子はまどかの胸元からぴょんと飛び降りると、尻尾をピシーンと土間に打ち付けた。

◇

◇

◇

「ちょ、ちょっと一休みさせて……」

コウから事情を聞いていたまどかが、ふぅと息をつきながら椅子に深くもたれかかる。思った以上に大きな話に、頭がオーバーヒートしかかっていた。

コウの話によると、先ほどの男の名は寺畑敬《けい》。コウの四歳年上の兄であり、老舗織維問屋の流れを汲む大手繊維商社・糸寺グループの御曹司とのことである。

そしてそれは、コウが名古屋の財界名簿にも連なるような名門の家柄の出であることを示していた。

とはいえ、コウと寺畑家との関係は芳しくは無いらしい。特に父親との確執は相当に深いようだ。

コウの父親は、コウがバーテンダーという道を選んだことそのものを認めていない。そして、コウが乱闘事件を起こしたことが父親の逆鱗に触れた。いかなる理由があろうとも、寺畑家の体面を汚すことはまかりならぬと。

無論、事件の原因は同業者の逆恨みでありコウに責任は無いのだが、それでもコウの父親は裏から手を回してテナント契約を半ば強引に終了させたのだという。

さらに父親は、コウに対し「今後一切表舞台に立つことはまかりならん」と、この古民家の「管理人」となるよう命じる。仕事を失ったコウの面倒を見たように見せているが、事実上の蟄居《ちっきょ》閉門であった。

「そもそもこの古民家は、もともと曽祖母が持っていたもので、現在は糸寺グループの資産管理会社の名義になっている。俺は管理を任されてはいるが、所有者が立ち退けと言えば最終的には従わざるを得ない立場だ」

「でも、それっておかしくない？　いくら所有者といっても、借りてる人を勝手に追い出すなんてできないんじゃなかったっけ？」

昔、テレビ番組か何かで見たことを思いだし、まどかが首をひねる。

しかし、コウは首を横に振る。

「確かにそういう法律はある。しかし、俺はこの家を『借りて』いるわけではない。あくまで管理人という立場で、ここを使うことを許されているだけだ」

「うーん……。あ、でも、私は？　一階は私がこのお店借りてるんでしょ？」

「残念ながらそれもノー。この店は『業務委託契約』になってるんだ。お前に渡した書類にもそう書いてある」

「あ、確かそう言えば……」

確かにコウの言うとおり、この店を始める時に交わした契約書には業務委託契約書とタイトルが付けられていたように思う。

「いくら管理人といっても、所有者の許可無く店を貸すことはできないからな。形式上は俺がこの店を立ち上げて、お前に任せた形をとっていたんだ。まぁ、これでも正直ギリギリのラインではあったんだがな」

「そうだったんだ……」

コウの説明を十分理解できたとまでは言わないが、それでもここで店を始めるに当たってコウがなんとかしようと尽力してくれていた気持ちは伝わってくる。

やはりコウの力無くしてはこの店は生まれていなかったのだと知り、まどかはぺこりと頭を下げた。

「コウさん、本当にありがとう」

短いながらも心がしっかりとこもったまどかの言葉。

それがくすぐったかったのか、コウはそっぽを向いて鼻をぽりぽりと掻いた。

するとトン子が会話に入ってくる。

「コウが頑張っとったのはワシにもよう分かった。じゃが、このままではどうもならんのじゃろう？　何とか手立てをせんことには二人とも早晩ここから出てかなかんくなってまうわな」

「そうですよねぇ……、あ、そうだ。その資産管理会社の人にお願いするってのどうでしょう？　いっそ私が正式にここを借りる形で話してみれば、もしかしたら……」

まどかはそう言いながら、そーっとコウの顔色をうかがう。

しかし、コウは渋い顔だ。

「現実問題として、無理としか言えんな。俺の息がかかった店と分かった以上、それをそのままにしておくのは、プライドの高い父親が許すはずも無い。その意思に敬が逆らうなどどう考えても無理だ」

「でも、どうせダメ元なら、一度ぐらい話してみても……」

まどかはなおも食い下がるが、コウは首を横に振る。

「認めてなんてもらえんよ。まともにシェーカーも振れなくなった、出来損ないの落第バーテンダーの頼み事などな」

「えっ？」

その言葉にまどかが驚いていると、コウは左腕の袖のボタンを外し、上までたくしあげる。

そこに現れたのは、肘と手首の間に斜めに入った大きな傷跡。縫い跡も痛々しく、大けがの痕であることは明らかだ。

それを目の当たりにしたまどかが絶句する。

「あの乱闘事件で揉み合ったはずみで、アイツのナイフが俺の左腕を深く切りつけた。その際に血管やら神経やらが傷ついてしまったんだ。もう二度と元通りにはならない。つまり、バーテンダーとして満足のいくカクテルは作れないということだ」

「で、でも、普段そんなそぶりなんて一つも……」

「幸い傷口が綺麗だったんだ。そのおかげで神経も血管もある程度しっかりくっついた。それでも、左手の握力は右に比べて三分の一以下だし、手首から先は温度もほとんど感じない。とはいえ利き腕じゃないし、日常生活程度は多少気をつけていればほとんど支障は無い」

「そ、そうなんですね。そうしたら……」

そう言いかけて、まどかははっと気がつく。ここでコウとともに過ごすようになってから、一度もシェーカーを振るところを見たことが無いことに。

目を見開き固まるまどかを見て、コウがふぅと息をつく。

「そういうことだ。俺はもう、シェーカーをまともに振れない」

コウはじっと左手を見つめると、やがてぎゅっと握る。

口を真一文字に結ぶコウのその姿は、無念さで満ちあふれていた。

「父親から見れば俺はもともと出来損ない。それでも、バーテンダーとしてトップにいた時は口を出さず黙っていた。最低限の体面は保てるからな。しかし、その道が閉ざされた以上、俺が表舞台に立つことを許す訳が無いんだ」

コウはそう言うと、うつむいたまま押し黙ってしまった。

まどかもまた、かける言葉を見つけることができない。トン子もじっとコウを見つめるばかりだ。

しばしの沈黙が、店の中を包み込む。

その重い沈黙を破ったのは、コウであった。

「うちのことに巻き込んでしまって、本当に申し訳ない」

コウはそう言うと、深々と頭を下げる。

いつも憎まれ口を叩き、ともすれば上から目線で話をしてくるあのコウが自分に対して頭を下げているのだ。

何か声をかけなければとまどかは口を開きかけるが、言葉が全く出てこない。

結局話はそのまま終わりとなり、コウは自室へと戻っていった。

まどかもまた、その後を追うように自分の部屋へと戻る。

定休日の今日は県図書にでも行ってみようかと考えていたが、そんな気分は吹き飛んでしまった。ソファ代わりに置いてある大きなビーズクッションにもたれかかると、
ふーっと大きく息をつく。

「家族なのにな……」

誰もいない部屋の中、まどかはポツリと言葉をこぼす。

父親も兄も、話そうと思えば話せる距離にいる。なのに、互いに話をすることができない。それって何て悲しいことなのだろうか。

（悲しい？　いや、もったいないって思っちゃってるのかな……）

まどかはスマートフォンのケースを開き、一枚の写真を取り出す。

そこに写っているのはまだ幼い頃のまどか。そして、そのまどかを挟むように、父親と母親が笑顔を見せていた。

話したくても、会いたくても、両親には二度と会うことができない。日にちぐすりの力で現実を受け止めることはできるようになったが、それでも寂しさが無くなったと言えば嘘になる。

会えない辛さと会えるのに話せない辛さ、果たしてどちらが重いのだろうか。

まどかには、その答えをすぐに出すことは難しそうに思えた。

「難儀な顔をしとらっせるのぉ」

「あれっ？　トン子様、いつの間に！」

気配無く現れたトン子にまどかが慌てて飛び起きる。そして近くにあった座布団を手に取ると、急いでトン子に差し出した。

少女姿のトン子は「構わんよ」と言いながらも、座布団の上にちょこんと座る。

「何でも考えすぎゃーすのはまどかの悪い癖じゃ。ま、人のことを自分のことのように思えるのはどえりゃあええこっちゃがの」

トン子はそう言うと、ふふっと微笑む。まどかはなんだか照れくさくなり、頭をぽりぽりと掻いた。

　すると、トン子が真面目な顔で聞いてくる。

「で、まどか。お主はどうしたいんじゃ？」

「そう、ですね。私の気持ちだけで言えば、このままこのお店を続けたいです。それと……」

「それと？」

　言いよどむまどかの言葉を促すように相づちを打つトン子。

　まどかはふぅと息を入れると、再び話を続けた。

「お店が続けられるなら、コウさんと一緒にやりたいです。だって、コウさん、お店で接客している時は本当に楽しそうにしていましたし」

　まどかの脳裏には、コウと一緒に店を切り盛りしていたこれまでのことが浮かんでいた。

　自分には見せてくれない営業スマイルを客に対しては惜しげも無く振りまくコウに、正直モヤモヤした気持ちを抱えていた時期もある。

　しかし、そんなコウの接客を客は大層喜び、楽しんでくれていたのも間違いの無い事実。そう考えると、あの営業スマイルも、実は客に少しでも楽しんでもらうための『演出』だったのではないかと思えてくる。

シェーカーを振ることは難しくなってしまったかもしれないが、やはりコウは超一流のバーテンダーなのだ。

「確かに埋もれさせてまうには、少々もったいにゃあ男じゃな」

トン子の言葉に、まどかがゆっくりと首肯する。まどか自身も、バーテンダー姿のコウをもっと見ていたいと思っている。

「自分だけならまた別の場所でお店を開けるかもしれません。でも、コウさんと一緒にやろうと思ったら、やっぱりこの場所じゃないとダメだと思うんですよね。コウさんのことですから、きっとここを離れたら私の前からいなくなるんじゃないかなって……」

いつしかまどかの目から大粒の滴《しずく》がこぼれ落ちていた。

「あれっ？　おかしいな……」

頬を濡らす涙に気づき、まどかが力なく笑みを浮かべる。

何度も目元を拭うが、涙はとめどもなく流れ続けていた。

自分でも何で泣いているのか分からない。ただ、いろいろな感情が交ざり合い、嗚咽となって漏れ出てくる。

ぎゅっと目をつむってうつむくまどかを、トン子はそっと見守っていた。

しばらくの後、ようやく落ち着きを取り戻したまどかが、もう一度目元を拭って笑顔を見せる。

「……すいません、なんか、溢れちゃいました」

「別に謝ることなんて何もあらせん。トン子は何にも見とれーせんよ」

そう言うと、トン子はすっと立ち上がり、ポンポンとまどかの頭を撫でた。

まどかは一度トン子をぎゅっと抱きしめると、ふーっと大きく長く息を吐く。

「うん、やっと気持ちがすっきりしました。トン子様、改めて、話を聞いてもらって良いですか？」

「もちろん、ワシに聞かせてみい」

「ありがとうございます。私、やっぱり悪あがきしてみようと思うんです」

「ほう」

まどかの決意表明に、トン子が短く感嘆する。

「正直どうなるか分かりませんが、ここでお店を続けられるよう、やれるだけのことはやってみます。最悪、ここから引きずり出されるまで居座っちゃおうかなーって」

悪戯っぽくつぶやくと、まどかはペロッと舌を出した。

トン子もまた、うんうんと首を縦に振る。

「契約のこととかいろいろありますけど、やっぱりここは私のお店、私の居場所なんです。ありがたいことにお客さんたちもたくさん来てくれて、矢田さんとか、中島さんとか、常連さんたちも増えました。そんなお客さんたちが集うことで作ってくれた大切な私の居場所なんですから、ちゃんと自分で守らないと！　それに……」

「それに？」

いったん言葉を区切ったまどかに対し、トン子が相づちを打つ。

すうっと大きく深呼吸すると、まどかは再び口を開いた。

「それに、私、ここに来てからコウさんにたくさんたくさん助けてもらいました。だから、今、コウさんが苦しんでいるなら、今度は私が助けたいなって」

まどかはそう言い切ると、にっと笑みを浮かべる。

それを見て、トン子もまたうんうんと頷いた。

「気持ちはしっかり固まったようじゃな。ならば、思うようにやってみるがええ。やらぬ後悔より、やる後悔じゃ」

「はいっ。追い出されるまで頑張ります！」

トン子の励ましの言葉に、まどかが力強く頷く。

その後、一人と一柱は額《ひたい》を突き合わせると、どうやって明け渡しに対抗していくのか作戦会議を始めるのであった。

◇　◇　◇

「邪魔するぞ」

それから数日、敬が再び『るーぷ』へと姿を現したのはちょうど〝たまり場営業〟を終えた直後であった。

店主不在のカウンターにいたのはコウ。招かれざる客の登場に、コウはギッと睨みつける。

「邪魔するなら帰れ」

「うるさい。そもそも呼び出したのはそっちだろう？」

「は？　テメエなんて呼ぶわけねえだろ」

コウが一瞬首をひねるが、すぐさま反論に転じる。

一触即発の危険な空気が立ちこめる中、天井からどたどたっと音が聞こえてきた。

その音が階段へと移り、バタバタッと足音が近づいてくる。

「あ、敬さんいらっしゃいませ。どうぞこちらへ」

「あん？　お前が呼んだのか？」

すこぶるご機嫌斜めなコウが、ますます眉間にしわを寄せる。

しかし、まどかはさして気にした風も無くカウンターへと入っていった。

「そんなに怖い顔しないでください。私だって実質的には当事者なんですから、ちゃんとこれからのことを建物のオーナーである敬さんとお話ししないと。まぁ、立ち話も何ですからどうぞこちらに」

「いや、自分はここで結構」

「そう言わずにどうぞどうぞ。今、お茶出しますね」

朗らかな笑みを浮かべながら、まどかはカウンターの席に着席を促す。

手際よくお茶を用意し始めるまどかを見ながら、敬はしぶしぶ席についた。

「で、話とは？　用件は手短にして頂きたいんだが」

敬はカウンターに肘をつき、手を顎に載せてじっとまどかを見つめる。

その斜め後ろに立つコウもまどかの様子を怪訝そうに眺めていた。

剣呑な雰囲気の中、まどかは穏やかな笑顔で温かいお茶とおしぼりを差し出す。

「そうですね。簡単に言えば、私にこのままお店を続けさせてくださいってことです。あ、契約とかをやり直すのは全然良いです。もちろん家賃もちゃんとお支払いします。でも、あんまり高いことは言わないでくださいね」

「おい、まどか……」

いつになく滔々と話すまどかを、コウが呼び止めようとする。

しかしまどかは、一瞬だけコウに視線を向けて小首をかしげると、再び口を開いた。

「それと、やっぱりこのお店を続けるなら少なくとも一人はお手伝いしてもらえる人が必要なんですよね。今までは駄菓子料理をメインにしてきましたけど、これからはお酒もいろいろ楽しんでもらえるよう充実させていきたいですし、できればお酒の知識がある人がいいなーって。例えば、元バーテンダーさんとか」

まどかはそう言うと、顔を上げてコウににこっと微笑んだ。あっけにとられたコウが、口をぽかーんと大きく開けている。

「話にならんな。無駄な時間を使ってしまったようだ」

力なく首を横に振ると、敬がすっと席を立つ。

そして扉へ向けて一歩踏み出そうとしたその瞬間、足下から突如声が聞こえてきた。

「にゃあああああ」

「うわわわっ‼」

その鳴き声に驚いた敬が、バタバタッと後ろに倒れ込む。

そしてそのまま、先ほどまで座っていた椅子にドシーンと腰を落とした。

すると、鳴き声の主が広く差し出された格好になっている敬の太ももにぴょんと飛び乗る。

「にゃーあっ」

黒猫はそう鳴くと、ゴロゴロと喉を鳴らしながら敬に体をこすりつけた。

「な、なんだこいつは‼」

慌てふためきながら叫ぶ敬。

するとまどかが、まぁと口元に手を当てながら敬に話しかける。

「ごめんなさぁい。いつもはこんなことしないんですけど、敬さんのことがよっぽど気に入ったんですかねぇ。ほーら、ご迷惑をかけちゃダメですよー。あ、コウさん、ちょっとその子を小上がりまで連れていってもらえますー？」

「なんでだよ、コイツ別に自分で……」

コウがそう言いかけると、まどかがそっと人差し指を口に当てる。

それを見たコウは、チッと一つ舌打ちしてから敬へと近づいた。

「ほら、どけ。あっちあっち」

コウは黒猫をむんずとつかむと、半ば放り投げるように引き剥がす。

黒猫がくるっと回って足から着地すると、抗議するようにシャーッと威嚇してから小上がりに上がっていった。

自由の身となった敬だが、背もたれに腕を回したまま目をパチクリとさせている。

「まったく、何なんだ……」

「本当にごめんなさい。服汚れませんでした？　お手入れブラシもありますが……」

「いらん。ったく、これだから……」

敬は口の中でもごもごと何か言いながら、やや乱暴に立ち上がる。

椅子が一瞬傾き、危うく倒れそうになっていた。

パッパと体を払うと、慎重に足下を確認してから足を踏み出す。

「失礼す……」

言葉をかけ、この場を立ち去ろうとしたまさにその瞬間、勢いよく入り口の扉が開かれた。すぐに大勢の客たちが押し寄せてくる。

「あ、もうこんな時間！　今日はこれから貸し切り営業でしたーっ。お見送り、ちょっとお待ちくださいね。はーい、いらっしゃいませー。どうぞこちらへー。あ、コウくーん、皆さんにおしぼりお願ーい」

ドヤドヤと入ってきた客たちを席に案内しながら、まどかがコウに指示を出す。

コウはこれまで言われたことがない呼び方に首をかしげながらも、カウンターの中へと入った。

突然の来客に囲まれ、敬は進むことも戻ることもできずに立ち尽くしている。

すると、一人の紳士が敬を見つけ、声をかけた。

「おや、お客さんじゃったかの。随分コウくんに似てらっしゃるようじゃが……」

紳士の言葉に体を後ろに引きつつも、敬はぷいっとそっぽを向く。

すると、まどかがテキパキと動きながら説明を始めた。

「そうそう中島さんにもご紹介したくて。こちらはコウさんのお兄さんで、この古民家の本当のオーナーさんなんですって」

「あれ？　ここのオーナーってまどかちゃんじゃなかったっけ？」

中島の隣に座った矢田が、さらに質問をかぶせる。

まどかは顎に手を当てると、首を軽く傾けた。

「うーん、そのあたりは話せば複雑なんですけど、建物はこちらの敬さんの会社が所有者ってことになってるんです。で、その管理人がコウさんで、私はこのお店の運営について業務委託を受けているような形になるんです。だから、オーナーさんや管理人さんにはいつも頭が上がらないんですよ」

ははーっと大げさにひれ伏すまどか。その突拍子も無い行動に、敬は困惑が隠せない。そのままぼーっと立ち尽くしていると、中島が再び声をかけた。

「つまり、自分たちがこうしてこの店で楽しんでいられるのも、貴方様のおかげということですな。いやいや、とても素晴らしい店を出して頂き、本当にありがたい」

「い、いや、ボ、俺、えっと、私は、その……」

思わずたじろぎ、言いよどむ敬。すると、さらに中島がたたみかける。

「これも何かのご縁。日頃お世話になっているお礼ということで、一杯ご一緒いただけませんかな？　っと、その前に、私、こういう者で……」

中島はそう言うと、胸ポケットから名刺を一枚取り出し、それを敬に差し出した。

迷惑そうに眉間にしわを寄せながら、敬がそれを受け取る。

しかし、名刺に書かれた字を追っていくとみるみる顔色が変わっていった。

「ん？　どうした？」

敬の突然の変貌ぶりに首をかしげるコウ。まどかが何か企んだのかと思って視線を向けるが、まどかも目を丸くしながら小刻みに首を横に振るばかりであった。

「この後予定があるのならアレじゃが、良ければお付き合いいただけますかの？」

中島がもう一度念を押すと、敬は観念したように頭を下げた。

「で、では少しだけ……」

「あ、じゃあここ空けますね」

隣に座っていた矢田が席を立ち、代わって敬がそこに座る。まどかがぺこりと頭を下げると、矢田は手をひらひらとさせながら小上がりの方に向かった。

成り行きに驚き、まだきょとんとしているまどかに中島が声をかける。

「とりあえず、彼におしぼりを。それと注文もいいかね？」

「あ、は、はい。ただいまお出ししますね」

まどかが敬におしぼりを差し出すと、その横で中島がウィンクをする。まどかはほんの小さく頭を下げると、ふぅと一度息を整えてから敬に笑顔を向けた。

「では改めてご注文をお伺いしますね。お酒は呑まれますか？」

「あ、ああ。そんなに強くはないが」

「そうしたら、ぜひおすすめしたいものがあるのですが、そちらにされませんか？」

「おお、まどかさんのおすすめとな。よし、それを一つ……いや、二つとしようかの。君もそれでよいかな？」

中島の言葉に、敬が眉間にしわを寄せつつもこくりと頷く。

「では、おすすめ二つですね。少々お待ちくださいませ」

まどかはそう言うと、後ろを振り返ってコウに耳打ちをする。

コウは一瞬はっと驚くが、まどかが微笑みを浮かべながらゆっくりと頷くのを見て、グラスを取り出した。

手にしたのは上部に少し膨らみのあるビール用のパイントグラス。それを作業台の上に置くと、二種類の瓶を取り出して順にグラスへと注いでいった。

シュワーッという音とともに、きめ細やかな泡が濃い琥珀色をした液体の上に分厚い層を作り出す。

コウはマドラーをくるんと回すと、カウンター越しにそっと二人の前に並べた。

「お待たせしました。本日のおすすめドリンク、お二つです」

「なんだこれは？」

黒ビールにも似た、しかしそれよりは明るい色のカクテルを怪訝そうな顔で見つめる敬。

　すると、まどかが悪戯っぽく笑いながら口を開く。

「んー、一言で言うなら、ビールのコーラ割りですね」

「は？」

「ですから、ビールのコーラ割り。もしくは、コーラのビール割りって言ってもいいかもしれませんね」

「どっちでもいい。ビールをコーラで割る？　ばかな、あり得ない。帰らせてもらう」

　そう言って席を立とうとする敬。

　しかし、それをとがめるようにコウが言葉を放った。

「ディーゼル」

「ああん？」

「ディーゼル、カクテルブックにも載っているれっきとしたビアカクテル。アメリカやドイツじゃ一般的なカクテルの一つだ」

　コウがジロリと睨むと、敬はカウンターに手をついて苦々しい表情を浮かべる。

　その横から、中島がパンと手を叩いた。

「ビールとコーラ、なんともこの店にぴったりの組み合わせじゃないか。さぁ、敬くんも座って座って。乾杯といこうじゃないかの」

グラスを持った中島にそう促されると、敬はゆっくりと座り直して自分のグラスを手にする。

そして中島がグラスを掲げると、敬はそれにそっと自分のグラスを合わせた。

「ふん、こんな子供だましが……」

敬は小さくつぶやくと、ぐいっとグラスを傾ける。

すると、ぱっと目を見開き、グラスを口元から離してマジマジと見つめた。

「……うまい」

敬がそうポツリとつぶやくと、まどかがにこっと微笑む。

中島もぷはーっと息をつき、グラスを置きながら笑みを浮かべた。

「これは面白いな。最初の口当たりはコーラなのだが、甘さが抑えられていてすっきりしている。そして後からビールの苦みが追いかけてくるのだが、それが強く出すぎることも無い。いやいやどうして、なかなか楽しいカクテルじゃ。二人がおすすめするというのも頷けるわい」

「ありがとうございます！」

中島の言葉にまどかが弾けるような笑顔を見せる。

その奥では、コウも小さく頭を下げていた。

すると、再びグラスを傾けていた敬が、ゴクリと喉を鳴らしてから口を開く。

「何を仕掛けた？」

　コウを苦々しく見上げる敬。

　中島もまた改めてグラスを掲げながら見つめる。

「ふぅむ、確かにまだ仕掛けがありそうじゃな。なんかこう、奥の方にどこかで感じたことがある風味があるような気がするのだが……」

「実は……。今日使ったビールとコーラ、これなんです」

　まどかはそう言うと、コウが手早く片付けていた二種類の瓶を二人の前に差し出した。

　片方は金赤のラベルが貼られた茶色の瓶。もう一つの透明な瓶には兜をモチーフにしたデザインのラベルが貼られている。

　そして、この二つのラベルに共通して書かれた二文字を見て、中島が声を上げた。

「なるほど、味噌ということか」

「ええ、ビールは赤味噌ラガー、コーラには味噌コーラを使っています。どちらも名古屋の味の基礎となる『豆味噌』を使ってます。この二つなら、すごく名古屋っぽいディーゼルになるんじゃないかって前にコウさんが提案してくれたんです。ね、そうですよね」

　そう言いながらまどかがコウに顔を向ける。しかし、コウはふんとそっぽを向き、他の客から注文を受けたドリンクをいつものように淡々と作り始めた。

その姿を敬が睨みつけるようにじっと見つめる。そんな敬の肩を中島がポンと叩く。

「君の弟は優秀なバーテンダーじゃな」

「は？　い、いえ。こんな混ぜるだけの子供だましで優秀かどうかなんて……」

「バーテンダーの腕は何もカクテルを作る腕だけで決まるもんじゃないぞ。客を驚かせ、楽しませるのもまたバーテンダーの腕じゃ。このディーゼル、いや、名古屋ディーゼルと言うべきかな。この驚きは、君も感じただろう？」

そう言われると、敬はうっと言葉を詰まらせる。

うっかりこぼしてしまった「うまい」という三文字、敬はこれを取り消すことはできなかった。

敬は口を真一文字に閉じ、まだ三分の一ほど名古屋ディーゼルが残ったグラスをじっと見つめる。

すると、それを遮るように、まどかがそっと小皿を差し出した。

「何も召し上がらないのも体に悪いですから。こちら、ご一緒にどうぞ」

「む……、なんだこれは？」

それは一見するとカナッペのように見える料理。しかし、土台に使われているのはクラッカーではなく、薄いカツのようなものだ。

上はこんがりと焼かれたチーズ、そしてさらにその上に半割にしたミニトマトが載っている。そしてチーズの下には、何か別のソースが挟まれているようであった。

「ふむ、もしやこれは……」

自身に出された皿から一切れつまむと、中島は一口でそれを頬張る。

そしてしばらく咀嚼すると、名古屋ディーゼルをくいっと傾け、ぷはーっと息を継いだ。

「なるほど、味噌には味噌というわけか」

「ええ。敬さんも、よければ温かいうちに」

まどかに促され、敬がしぶしぶ口へと運ぶ。

サクッとした薄いカツととろーりとしたチーズ、その間に挟まれていたのは名古屋ではなじみ深い甘い味噌だれだ。この三つが口の中で一体となり、まろやかで濃厚な味わいが広がっていく。重たくなりそうなところをミニトマトから弾ける酸味がさわやかに洗い流していくのがまた憎い。口の中が空になると、自然と名古屋ディーゼルに手が伸びていた。

くはっと言いながら口元を拭うと、はっと顔を上げる。

「駄菓子カツのカナッペでした。お口に合いましたか？」

まどかが浮かべる笑みが、敬には強い圧力に感じられた。

ブルブルッと頭を震わせると、再び怖い表情に戻る。

「これも所詮子供だましだ。手をかけた料理に及ぶわけが無い」

「そりゃそうじゃ、こりゃー駄菓子なんじゃから」

賑やかな店内に、突然凛とした声が響いた。

声の主を探そうと辺りを見渡すが、それらしき人物はどこにもいない。

次の瞬間、敬の太ももが何者かにチョンチョンとつつかれた。

「うわっ！」

突然の感触に、敬がバランスを崩して椅子から落ちそうになる。

すると、階段から一人の若い女性が顔を出した。

白無地の千早に緋袴を纏ったその姿は、まるで巫女のよう。背には一つにまとめられた長い髪がすらりと流れている
目はすらっと切れ長で、口元には艶《あで》やかな紅。それが白い肌と相まって何とも妖艶な雰囲気だ。

店内の誰もが見とれる中、まどかがはっと気づく。

（ト、トン子様……よね……!?）

普段の黒猫や少女の姿とは全く違うが、その面影は間違いなくトン子のもの。思わず声に出してしまいそうなまどかだったが、口を両手で押さえてなんとか呑み込んだ。

美しい女性の姿となったトン子は静かに歩くと、小上がりから降りて敬に近づく。

「おみゃーさんも素直じゃにゃあのぉ。うみゃあならうみゃあと言えばええのに」

「な、何を……」

流暢な名古屋弁で語り出した女性を見上げる敬。

心臓がドキドキとしているのは、驚いたからかそれとも別の理由か。いずれにしても、突然現れた女性に敬はまともに言葉を返すことができなかった。

「まぁそれはええとしてだ。この賑わっとるのを見て、おみゃーさんは何も思わんか？」

彼女はそう言うと、手をぐるりと差し出す。

しかし、敬はふーっと息をつくと、頭を二度三度ぶるぶるっと震《ふる》わせてからにやっと笑みを浮かべた。

「そりゃ、団体の貸し切り予約があったからだろ？」

「まぁそうじゃな。では聞くが、なぜおみゃーさんの言う『子供だまし』ばっかの店に、予約までしてこんなにぎょうさん集まってくれとるんじゃろうか？」

「そ、それは……」

答えに窮し、言いよどむ敬。

まどかはもちろん、コウもまたじっと敬を見つめる。

すると、中島がにこっと笑みを浮かべながら口を開いた。

「その答えは簡単だ。自分たちにとって、ここは楽しくて居心地が良い場所だからじゃよ。な、そうは思わんかね？」

中島がそう言うと、敬を除く客たちが全員うんうんと頷いた。

すると今度は、矢田が口を開く。

「うちらはね、ここに〝遊び〟に来てんだ」

「遊び？　食事ではなく？」

「そ、遊び。ほら、自分もそうだけど、大人って普段はちゃんとしてなきゃいけないじゃん。それって結構疲れるんだよねー。でも、ここに来れば昔懐かしい駄菓子もあるし、面白い飲み物だって出してくれる。名古屋ディーゼル、だっけ？　コーラとビールを混ぜちゃうなんて、知らなきゃ家でも絶対やらないもん。すんごいこの店らしいカクテルだと思うよ」

矢田の言葉に他の客たちから「そうだそうだー」「意外と普通にうみゃーだぞー」と声が上がる。

矢田は周りの仲間たちをなだめてから再び口を開く。

「それにこのカツのカナッペだってそう。そのまま食べれる駄菓子なんだからそのままでもいいのに、いろいろ工夫して面白くしてくれてさ。ここはそうした遊びに溢れてるし、うちらはそれが楽しくて〝遊び〟に来てるんだ」

「言い分は分かった。しかし、〝遊び〟などムダの極致。もしここが〝遊び〟と言うならかえって不要という結論になるぞ」

「若いのぉ。遊びこそ、最も大事なものの一つと言うのに」

敬の言葉を、中島が優しい口調で諭す。

「一見遊びはいらんように見えるかもしれん。しかし、遊びが無ければどこで息を抜くんじゃ？　気ぃばっかり張り詰めておっても、なかなか思うように行くもんでもない。そういう時にこそ遊びが大事。適度に気持ちを緩めてこそ、良いアイデアが生まれるというもんじゃ。この店に来て、面白いお酒や駄菓子料理を楽しめる程度の余裕を作る。それが〝遊び〟の効能じゃ」

いつしか敬は、神妙な面持ちで中島に耳を傾けていた。

すると今度は、矢田が話をつなぐ。

「この店、夕方には子供たちの〝たまり場〟になってるけど、夜はうちら大人にとっての〝たまり場〟なんだ。だから、うちらはこれを無くしてほしくないなーって。ね、みんなもそうだろ？」

矢田がそう話を振ると、集まった常連たちのあちらこちらから「そうだそうだー」と声が上がった。その声に、まどかは思わず涙ぐむ。

しかし、その物言いは敬には別の形で聞こえたようだ。

「なるほど、今日のこれはすべて茶番というわけか」

「茶番？」

矢田が口をへの字に曲げ、むっとした表情を見せる。

しかし敬は淡々と言葉を続けた。

「だってそうだろう？　わざわざ話があると呼び出しておきながら団体予約を入れ、俺を巻き込みながらのどんちゃん騒ぎ。大方、そこの二人に頼まれて、追い出されんように俺に見せつけたってところだろう。違うか？」

敬はぎろっと睨みを利かせると、辺りをぐるりと見回す。仕掛けを見抜かれてしまった常連客たちから、先ほどまでの勢いは無くなってしまっていた。

シンと静まる店内で、敬がふっと息を漏らしながら改めて座り直す。

すると、カウンターを挟んだ向こう側から声が上がった。

「それでも！」

声の主はまどか。目元を拭うと、すうっと大きく息を吸ってから口を開く。

「それでも、皆さん茶番に付き合ってくれたんです。確かに私から中島さんや矢田さんに協力のお願いはしました。でも、まさかこんなにもたくさんのお客さんを集めてくれるなんて思いも寄りませんでした。このお店のことを思ってくれている人たちがこんなにたくさんいるんです」

まどかはそう言うと、ふぅと大きく息を吐いた。

気づけば、常連客たちがうんうんと頷いている。

すると、ここまで成り行きをじっと見守っていた美女姿のトン子が、透き通るような声で話し始める。

「ここに集まっとるもんたちは、みんな近所で商売やったり暮らしとったりするもんばっかじゃ。それがどういうことか、賢いおみゃーさんなら分かるじゃろ？」

そう言われた敬は、腕組みをしてしばらく考える。

そして彼なりの一つの結論を導き出した。

「この街と結びついてる……」

短い言葉の敬の結論。それに対して、トン子がゆっくりと首肯した。

「そうじゃ。ここはもう既にこの街の一部、二人も街の一員になったということじゃ。少々古ぼけた街じゃが、それでも徐々に活気が戻ってきておる。そんな街を敵に回してまで、こやつらを立ち退かせる価値はあるんかのぉ？」

ゆっくりと、しかし喉元に切っ先を突きつけるように話すトン子。

すると、しばらくの間が空いた後、客たちの間からパチパチと拍手が起こった。

その拍手に背中を押されるように、まどかが敬に話しかける。

「お願いします。このまま、この店を続けさせてください。私のため、この街の皆さんのため、そして、コウさんのためにも」

まどかは一度コウを見ると、深々と頭を下げた。

ボールは投げた。あとはコウが受け取ってくれさえすれば。

目をつむり、次の言葉を待つまどか。

やがて、まどかの耳に、すっかり聞きなじんだ声が聞こえてきた。

「敬、いや、兄貴。認めてくれとは言わない。黙ってこのまま、店を続けさせてくれ」

コウはそう言うと、同じように深々と頭を下げた。

まどかが頭を下げたまま細目を開けて視線を送ると、それに気づいたコウがチッと舌を打つ。

息を呑むような静寂が数拍。その後、二人の頭の上から声がかけられた。

「俺は忙しくて、こんなちっぽけな物件の処理のために割く時間は無い。むしろ少々長居しすぎたぐらいだ。中島さん、お誘いありがとうございました。これにて失礼させて頂きます」

敬はそう言うと、すくっと席を立ち静かに扉へ向かっていく。

「分かりにくいわ」

顔を上げたコウが後ろから声をかけると、敬は振り返ること無く右手を挙げた。

◇◇◇

それから一ヶ月ほど経ち、年の瀬が迫る夜の四間道では、古民家を改装したバルから賑やかな声が響いていた。

ガラガラガラッと扉が開くと、中から明るい声が聞こえてくる。

「いらっしゃいませー。あ、中島さん」

「おー、さぶいさぶい。早速じゃが、なんか温まるものもらえるか？」

中島はまどかにそう告げると、コートを背もたれに引っかけてカウンター席に座る。

すると、間髪を容れずにコウがガラスでできたマグカップを差し出した。

「そろそろお越しになる頃だと思っていました。どうぞこちらを」

カップに満たされた紅茶色の液体から、少しだけ煙たさを併せ持った華やかな香りが立ち上る。中島は両手でカップを抱えてその香りを満喫すると、ゆっくりと口元で傾けた。

「しみじみ美味いのぉ。ウィスキーのお湯割りかと思ったが、また何かやっておるな？」

中島の言葉に、まどかがふふっと笑みを浮かべる。

そしてコウを見上げると、種明かしをするよう促した。

「これは『るーぷ』流のホット・ウィスキー・トディ。ウィスキーのお湯割りにこちらの二つを加えました」

コウはそう言うと、手元に置いてあった二つの駄菓子を見せる。

一つは小さな氷砂糖、もう一つは砂糖漬けにしたレモンの皮を干したものだ。

それらを見た中島が満足そうに頷き、再びカップを傾ける。

「やはりここは面白いな。こうなると、今日のつまみも気になるのじゃが……」

「もうすぐご用意できるので少しお待ちくださいね」

まどかはフライパンで焼いていた小さめの餅にくるっとシート状の食材を巻き付けていく。そしてそれを爪楊枝でとめてから小皿に載せ、中島の前に差し出した。

「今日は焼き肉餅です。熱いので気をつけてお召し上がりくださいね」

「なるほど、これはまた温まりそうじゃわい」

爪楊枝をつまんだ中島が、ちょうど一口大にまとめられた焼き肉餅を口の中へぽいっと放り込む。

最初に感じるのは焼きたての餅がため込んだアッツアツの温度。そのすぐ後からシートの味付けと思われる少しピリッとした焼き肉の風味が広がっていく。

ぎゅっぎゅっと噛んでいくと餅の弾力とシートのやや固めの食感の対比が面白い。

食べているだけで体が温まってくるし、お酒にもぴったりだ。

ホットウィスキーで口の中を洗い流すと、中島がほっと息をつく。

「いやー、美味い。実に美味い。あの時皆に声をかけて大正解じゃった」

「本当にあの時はお世話になりました。それにしても、中島さんが寺畑グループを支えてきたメインバンクの重役の方だったとは露知らず……」

「いやいや、今はタダの隠居ジジイじゃよ」

朗らかに笑う中島に、まどかが一度笑みを浮かべてから頭を下げる。

「今日こうしてお店を続けられるのも、中島さんをはじめとしたみなさんのおかげです」

「うむ。オーナーも無事に許してくれたようだしのぉ」

中島はそう言うと、一番端のカウンターにちらりと視線を送る。

そこにいたのは敬。中島の視線に気がつくと、何ともバツが悪そうにくるりと背中を向けた。

「てか、来すぎなんだよ」

あからさまに嫌そうな表情を見せるコウ。兄の前ではどうしても普段の営業スマイルが崩れてしまうようだ。ただ、まどかにはそんなコウがなんとも可愛らしく感じられる。

「オーナーさんですもん。いつ来て頂いても大歓迎ですよ」

まどかがふふっと笑みを浮かべながらそう告げると、コウはいっそう口をとがらせた。

すると、お酒を待つ敬が一度キョロキョロと辺りを見回してから小声でまどかに話しかけてくる。

「ところで、最近あの方は……」

「あ、そ、そうですね。あれ以来全然こっちに来られないみたいで。お忙しい方ですし……」

少しつっかえながらもまどかが答えると、敬はシュンとうなだれてしまった。

そこにコウが追い打ちをかける。

「兄貴もいいかげん諦めろ。来ない相手をいつまで待ったってしゃー無いだろ」

「うっさい。お前には俺の気持ちは分からん。まどかさん、あの方がいらっしゃったらすぐに連絡ください。それがここを続ける条件の一つなんですから忘れずに」

「は、はい……」

ひきつった笑みを浮かべながら何とか返事をするまどか。

そのまま小上がりにいる黒猫姿のトン子に視線を向けると、トン子は我関せずとばかりに尻尾をビターンと畳にたたきつけていた。

（まぁ、当分は無理ですしねぇ）

あの時の艶姿は、トン子自身にとってかなり無理をしたものであったらしい。力を大量に使ってしまったトン子は、その反動として美女の姿はおろか、少女の姿を取ることもできなくなってしまっていた。

それを知ったまどかはトン子に頭を下げたものの、トン子はさして気にする様子も無く、

「ここに参るものが増えればじきに元に戻る」

と言い、今まで以上に自由気ままな猫ライフを謳歌している。敬が憧れを抱きながら待つ「あの時の美女」に会えるのはまだまだ相当先になりそうだ。

このままでは寺畑グループに跡継ぎ問題が勃発してしまうのではと心配になるまどかだが、自分にはどうすることもできない。なんだかなぁと考えていると、小上がりの客から声がかかった。

「すいませーん、さっきのお餅、この辺でも作ってもらって良いですかー？」

声の主は常連の矢田。先ほどの焼き肉味のものと同じシリーズである「酢だこ味」「蒲焼き味」「わさびのり味」のシートを手にしている。

まどかは、ふーっと一つ息を吐くと、再びにっこりと笑顔を見せた。

「はーい、もちろんできますよー。少しおまちくださいねー」

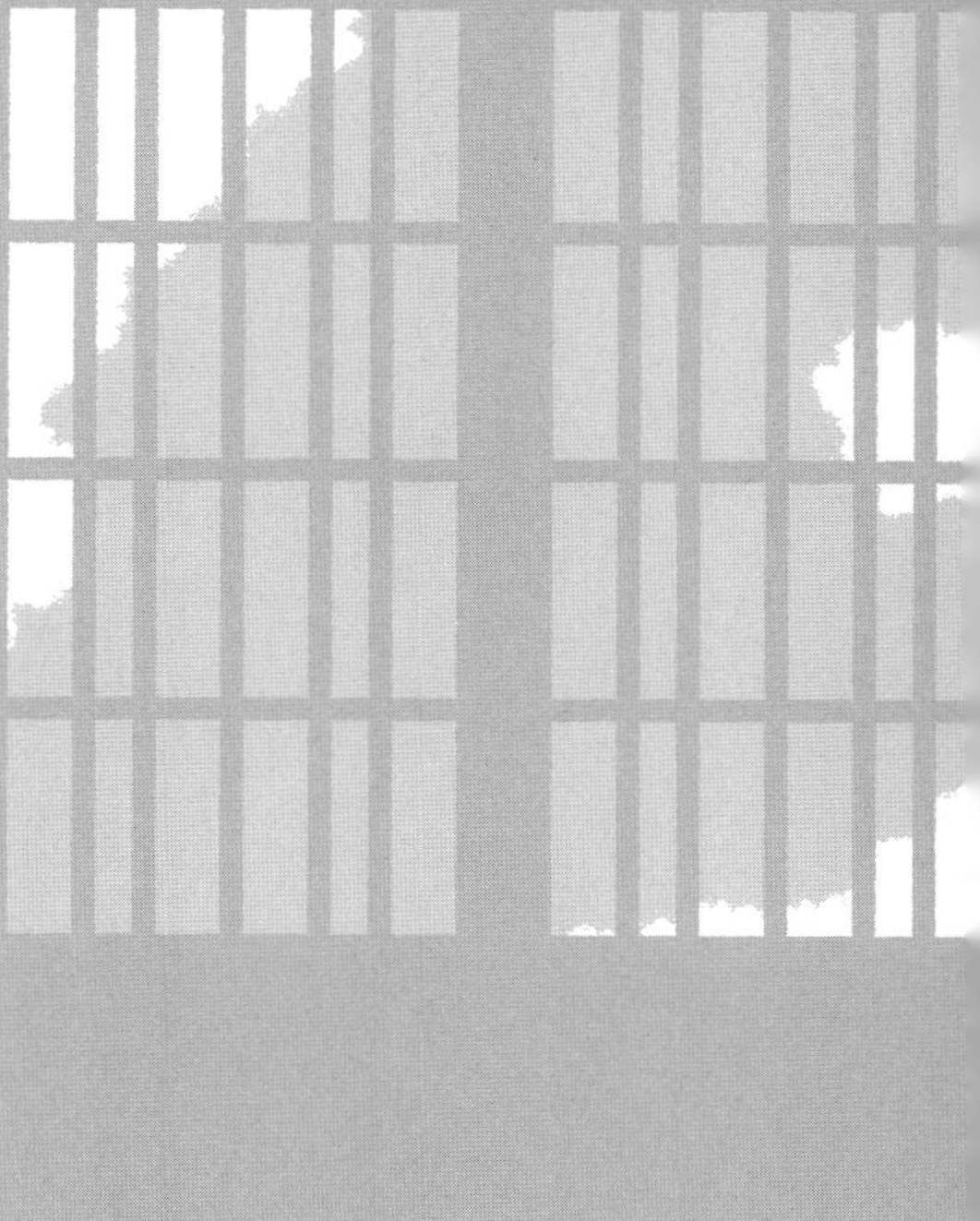

epilogue

エピローグ

「じゃあ、お婆ちゃん。また帰ってくるから、元気でいてね」

古ぼけた民家の広い土間で、まどかが何度も何度も祖母の手を握る。

祖母もまた、自分の手をまどかの手にそっと重ねながら声をかけた。

「はいはい、まどかこそ、元気でやりんさい。風邪引かんようにな」

「うん。お婆ちゃんこそ、風邪引かないでね」

まどかはもう一度だけ祖母の手をぎゅっと握ると、名残惜《なごり》しそうに手を離した。

玄関の外へ出ると、一台の車が止まっている。まどかはその車に乗り込むと、バタンとドアを閉め、窓を開けた。

「ほんによう、頑張りんさいな」

見送ってくれる祖母の言葉にうんと頷くと、まどかは運転手にコクリと首を縦に振った。

エンジンの音を合図に、まどかがシートベルトを締める。

「じゃあ、お婆ちゃん、元気でねーっ！」

車はゆっくりと進んでいくと、やがて山道を下り始めた。

「そろそろ閉めてくれ」

運転手の男にそう言われると、まどかはもう一度だけ後ろを振り返り、そして窓を閉めた。

「コウさん、私のためにありがとうございました」

「別にお前のためじゃない。おかげでこっちの店もいろいろ回れたしな」

前を向き、ハンドルを巧みに動かしながらコウが応える。

徳島にあるまどかの実家まで二人がやってきたのは、年が明けてしばらく経った頃であった。

年末年始も休みを取らなかった『るーぷ』は、その代わりとして一月後半に初めての連休を取る。そしてまどかは、そのうちの一日を使って祖母の下《もと》を訪れていた。

最初は高速バスを使って一人で帰省する予定にしていたまどかだったが、スケジュールを立てている途中でコウが一度徳島のいろんな店を回りたいと言い始める。

それならばと、まどかはコウに運転手を頼み、一緒に徳島へとやってきたのだ。

しばらく無言のまま運転を続けていたコウが、ふとまどかに話しかける。

「ちゃんと話はできたのか？」

「はい、ちゃんと全部話せました。婚約破棄のことも、お店を持ったことも」

祖母を訪れたまどかは、コウと一緒に暮らすようになる少し前の話から、自分の身に起こったことを全部洗いざらい話していた。

婚約者に騙されお金を取られたこと、絶望して自殺しようとしたこと、ひょんなことから四間道の古民家で暮らすようになったこと、そこで店を持ったこと、失敗したこと、成功したこと、そしてコウのことも――。

まどかの話に相づちを打っていた祖母は、最後に、

「くれぐれも体に気をつけるんだよ」

とだけ言って、優しく抱きしめてくれた。

そんな祖母の優しさが、まどかには何よりもうれしかった。

しばらく走ると、山間《やまあい》の道に大きな施設が見えてくる。どうやら道の駅らしい。

「寄るか？」

短い言葉で投げかけられた質問に、まどかが首肯で答える。

コウはウィンカーを出し、駐車場へと入っていった。

車から降りると、まどかがうーんと背を伸ばす。

休日ということもあり、田舎の道の駅もなかなか賑わっている。二人は産直コーナーから順番に回り始めた。

「うわぁ、懐かしい。このそば米雑炊、とっても美味しいんですよー。あ、こっちは梅エキス。これ超酸っぱいんですよねー」

棚の商品を眺めながら、まどかが一つずつ解説をしていく。

対するコウは、相変わらず淡々とした態度を崩さない。

「せっかく来たんだ。何でも買っていけばいいだろ」

「そんなこと言ったら全部欲しくなるじゃないですか！　あー、でもちゃんと節約しないと家賃が払えなく……」

コウの兄の許しを得て営業を続けられることになった『るーぷ』だが、一つだけ変わったことがあった。それが家賃の設定。当初コウが決めた家賃の額は近隣相場に比べて極めて安く、さすがに見とがめられたのだ。店の部分に加え、二階の自室の部分まで加えると、標準的な相場ではかなりの金額となる。節約してやりくりしながらなんとかちゃんと払えるというレベルだ。とはいえ、店舗の改装にかかった費用分までは含まれていないため、かなり甘い査定ではあるのだが。

いずれにしても、節約モードのまどかは倹約優先。いくら昔懐かしいものが並んでいるとはいえ財布のひもをそう簡単に緩めるわけにはいかなかった。

するとコウが、棚に並んだ商品を物珍しそうに見ながらポツリとつぶやく。

「別に自分用にするんじゃなくて、仕入れにして店で出してもいいんじゃないか。こっちの地のもんなら、常連たちも喜ぶだろう」

「あっ、その手が！」

コウのアイデアにポンと手を打つまどか。しかし、コウ本人ははぁと息をつく。

「えー、なんで『はぁ』なんですー？」

「それぐらい普通に思いつくだろ？　ったく、商売やってんだからもっと目端を利かせて、頭使え」

「ふーんだ。私はどうせお馬鹿さんですよー」

まどかはぷーっと頬を膨らませると、入り口まで戻ってかごを取り、その中に先ほど迷っていたそば米雑炊のパックを入れていった。

「意地悪言うなら、これ、コウさんには分けてあげませんからね！」

「へーへー、私が悪うございました」

むくれるまどかに、コウが形ばかりの謝罪の態度を見せる。

するとまどかも、それに合わせて芝居を打つ。

「私は年上なんだから、寛大に許してやらないといかんな。今回ばかりは特別に許してやろう」

「……ったく」

コウは半ば諦めた風に毒づくと、再びふぅと息をついた。

「ふー、満足しましたー」

「さすがにちょっと買いすぎじゃねーのか？」

晴れ晴れとした表情を見せるまどかに、大きな箱を抱えたコウがクレームを付ける。

仕入れという大義名分を手に入れたまどかは、結局あれもこれもと欲しいものを欲しいがままに買い求めていったのだ。

「大丈夫です。これ、お店で出したらきっとみなさんにも大評判なものばっかりです。あ、すだちサイダー使ったカクテル、とびっきり美味しいヤツでお願いしますねー」

「へーへー」

見込み違いにならなければ良いが、と心配するコウ。しかし、うれしそうに笑みを浮かべるまどかを見て、まぁ頑張るしか無いか、と気持ちを切り替えた。

駐車場に停めておいた車の荷室にヨッコイセと重い荷物を運び入れると、コウは忘れ物が無いか再度確認する。

するとと、ふと、荷物の中に一つ足りないものがあることに気がついた。

「なぁ、トン子への土産はいいんか？」

「え？　あ!!　わ、忘れてたー！」

コウの指摘で、車に乗り込もうとしていたまどかがぴょんと頭を上げる。

あまりに慌てたせいで、天井にゴンと頭をぶつけてしまった。

頭を押さえるまどかを見て、コウはやれやれと肩をすくめる。

「ったく、怪我しとらんか？　見せてみろ」

「え、ちょっ……」

髪を無造作にかきわけられマジマジと見つめられると、カーッと顔が熱くなってくる。まどかは慌てて頭をひっこめると、ぶつけたところを両手で隠した。

「大丈夫、ちょっとぶつけただけだから。それより、トン子様へのお土産！」

「だな。アイツのことだ。土産を忘れたって言ったら、もうめちゃくちゃに祟るぞ、きっと」

「それはヤバイ、超ヤバイ、すこぶるヤバイ。うん、お土産だけじゃなくて、御神酒《おみき》もいるね。あーん、もうちょっと買い物少なくしておけばよかったー！」

「自業自得だ。さて、買うならとっとと行くぞ。こんなペースじゃいつまでも帰れん」

「あー、待ってよー！」

道の駅の建物に向かって一人先にスタスタと歩いて行くコウを、まどかが慌てて追いかける。そしてコウの腕をつかむと、今度はコウを引っ張るようにして歩き始めた。

本書は書き下ろしです。
この物語はフィクションです。
実際の人物・団体等とは一切関係ありません。

ポルタ文庫

名古屋《なごや》四間道《しけみち》・古民家《こみんか》バル

きっかけは屋根神様《やねがみさま》のご宣託《せんたく》でした

2019年12月21日　初版発行

著者　神凪唐州

発行者　宮田一登志

発行所　株式会社新紀元社

〒101-0054

東京都千代田区神田錦町1-7　錦町一丁目ビル2F

TEL：03-3219-0921　FAX：03-3219-0922

http://www.shinkigensha.co.jp/

郵便振替　00110-4-27618

カバーイラスト　魚田 南

DTP　株式会社明昌堂

印刷・製本　株式会社リーブルテック

ISBN978-4-7753-1787-7